小説

この世界の楽しみ方

~Secret Story Film~

Yujiro
LIP×LIP
FILM×LIVE
[フィルム×ライブ]
HoneyWorks 10th Anniversary
Aizo

小説版　この世界の楽しみ方
～Secret Story Film～

原案／HoneyWorks
著／香坂茉里
監修／LIP×LIP Movie Project

22492

角川ビーンズ文庫

CONTENTS

小説版 この世界の楽しみ方

～Secret Story Film～

人物紹介

勇次郎

歌舞伎の舞台に
立つことを
夢見る中学３年生。

愛蔵

１つ結びにした金髪が
トレードマークの
中学３年生。
運動神経が抜群。

海堂飛鳥
苺谷星空

メビウス事務所
田村レイ
LIP×LIPが所属
する事務所の社長
内田茉優
LIP×LIPの
マネージャー
前田君
飛鳥と星空の
マネージャー

染谷家
染谷多恵
染谷玉五郎
染谷光一郎

柴崎家
柴崎裕子

Full Throttle4
YUI
IV
RIO
DAI
MEGU

本文イラスト／島陰涙亜

プロローグ

プロローグ

人気急騰《きゅうとう》のアイドルユニット『LIP×LIP』。

その、初の全国ツアー『ジュリエッタ』が本日から開催《かいさい》される——。

華《はな》やかなステージ衣装《いしょう》を着た男子二人が、薄暗《うすぐら》いバックステージで待機していた。

LIP×LIPの勇次《ゆうじ》郎《ろう》と、愛蔵《あいぞう》だ。二人とも、中学三年でデビューし、今は高校一年になる。最近では高校生アイドルユニットと呼ばれることが多い。

「時間ギリギリに来やがって……また寝《ね》坊《ぼう》したんだろ。この寝ぼすけ」

後ろ髪《がみ》をリボンで結んだ愛蔵が声を落として言いながら、隣《となり》にいる相方を睨《にら》む。

「うるさいな。間に合ったんだから、グチグチ言うな。小《こ》姑《じゅうと》め」

勇次郎が横目で睨み返し、同じように声を抑《おさ》えて言い返した。

「俺の足、引っ張んじゃねーぞ」

「そっちこそ、歌詞間《ま》違《ちが》えて笑ってごまかすなよ。見苦しい」

「チッ、暑苦しいからあっち行けよ」

「寄るな。うっとうしい」

二人とも小声で言いながら、相手を肘《ひじ》で押している。


「愛蔵君、勇次郎君、言い合っている場合じゃないでしょ。全国ツアー初日なのよ」

内田《うちだ》マネージャーに注意された二人は、「「わかってます」」と声をそろえた。

この程度のことは日常茶《さ》飯事《はんじ》。むしろ、ライブ前のちょっとした景気づけだ。


客席のほうから、「愛蔵～！」、「勇次郎～！」と二人を呼ぶ声が聞こえてくる。

これから始まるライブへの期待感と、興奮がここまで伝わってくるようだった。

ステージを見つめる二人の目の輝《かがや》きが変わる。

「盛り上がってんな～、今日のジュリエッタたち」

「まだまだだ。これから、僕たちがもっと盛り上げる」

「ハッ、とーぜんだろ」

「偉《えら》そうに」

コツンッと拳《こぶし》を合わせると、かすかに笑った。

ライトアップされたステージに向かって、競《きそ》うように駆《か》け出す。

「俺たち」

「僕たち」

「「LIP×LIPでーす!!」」

二人が登場した途端《とたん》、客席に大歓声《だいかんせい》が沸《わ》き起こった。

広いステージを、大きく手を振《ふ》りながら走る。

満員の客席に興奮した声が広がり、紙吹雪《かみふぶき》が舞《ま》った。

青と黄色のペンライトがいっせいに揺《ゆ》れている様子を、勇次郎も愛蔵も笑顔《えがお》で見渡《みわた》す。

「みんな、愛してるよー!」

「どんどんやっていくぞー!」

「ジュリエッタ、楽しんでる!?　いっくよーっ!!」

バンドの演奏に合わせ、きらめくステージの真ん中で息の合ったダンスをしながら歌う。

二人の声が広い客席いっぱいに響《ひび》き渡った。

『俺たちが歌えば、歓声が沸き起こる』

『僕たちが踊《おど》れば、笑顔が輝く』

『でも、ほんの一年前は、こんなふうに歌うことはなかった』

『なにをしたらいいのかわからなくて、いつもうつむいていた』

『勇次郎と……』

『愛蔵と……』

出会うまでは――。

小説版
この世界の楽しみ方
~Secret Story Film~

第一章

第一章

一

世界にあふれる音のすべてが、耳障《みみざわ》りだった——。

(うるさい……どいつもこいつも……)

中学三年の春、学校帰りの夕暮れに染まる街の中を、柴崎《しばさき》愛蔵はうつむいたまま歩いていた。

聞こえてくる会話や騒々《そうぞう》しい音がわずらわしくて、眉間《みけん》にギュッと皺《しわ》を寄せる。

(ウザい……)

耳を塞《ふさ》いでしまいたい。うるさい音や声の聞こえない場所に行きたい。

見上げるとどんよりとした空模様で、雨が降りだしそうだった。

空が低く、圧迫《あっぱく》するようにそびえるビルがあたりをかこんでいる。

どうして、みんな平然と笑っていられるのだろう。

こんなにも世界は狭《せま》くて、息苦しいのに――。
淀《よど》んだ暗い水の中にどこまでも引きずりこまれていくような気がした。
もっと、広い世界に行きたい。
ここではない、どこか違《ちが》う世界に。
でも、そんな世界がいったいどこにあるのだろう。

どこに行っても、現実は何一つ変わりはしないのに――。

「ただいま……」
家に帰ると、小さな声で言いながらドアを開いて中に入る。
ふと見ると、玄関《げんかん》に珍《めずら》しく兄と母の靴《くつ》があった。
（……帰ってんのか）
いつもは、誰《だれ》もいなくて明かりも点《つ》いていない静まり返った家なのに。
靴を脱《ぬ》いであがると、母が出かけるところだった。
コンパクトを見ながら、真っ赤な口紅で丁寧《ていねい》に唇《くちびる》をなぞっている。

その姿を見て、愛蔵は眉《まゆ》をひそめた。

「……母さん、出かけんの？」

「ええ、帰りは明日になるから。晩ご飯、適当に食べといてちょうだい」

母はパタンとコンパクトを閉じ、リビングを通り抜《ぬ》ける。

「また、男と朝までですかぁ？　お盛んですこと」

皮肉るように言ったのは、リビングのソファーに寝《ね》そべって携帯《けいたい》を見ていた兄の健《けん》だ。

「子どもが親のやることに口出しするんじゃないわよ」

母は機嫌《きげん》の悪い声で言うと、コンパクトと口紅をバッグにしまって玄関にやってくる。

「しませんよ～？　こっちも自由にやらせてもらってるんで～」

兄が「行ってらっしゃーい」と、嫌《いや》みのように言って見送る。

母はフンッと鼻を鳴らしただけで、それ以上なにも言わずに出ていった。

その姿を目で追っていた愛蔵の口から、憂鬱《ゆううつ》なため息がこぼれる。


いつものことだ。これがこの家での日常――。

なにか言うことも、とっくに諦《あきら》めている。言ったところで、なにも変わりはしない。

「ミカちゃ～ん。今ちょうど、ミカちゃんのこと考えてたんだよ。……いやホントホント。俺らって、やっぱ相思相愛じゃね？　あはは、いや、本当だって……あははは っ」

リビングに入ると、兄が寝そべったままかかってきた電話に出ていた。

相手はいつも連れ歩いている女子の一人だろう。

ヘラヘラと笑いながら、胸焼けしそうな甘ったるい口調でしゃべっている。

その声を聞いていたくなくて、フィッと顔をそむけ自分の部屋に向かった。

どこにいても、聞きたくない声、聞きたくない音ばかり――。

パタンとドアを閉め、イラ立ちをぶつけるようにバッグを投げる。

それが棚《たな》に当たって、押し込んでいたアルバムや本が床《ゆか》に落ちた。

自分勝手な母親。その母親にそっくりな兄――。

上着を脱いでベッドにあがると、ヘッドボードによりかかりながらヘッドホンをつける。

（イラつく……吐《は》き気がする……）

以前はこの家にも響《ひび》いていた父のアコースティックギターの音や、兄と自分の元気いっぱいな歌声、母の楽しそうな笑い声はもう聞こえない。

『うるさいから、歌わないで!!』

頭から離れない母親の怒鳴《どな》り声を消したくて、ヘッドホンをギュッと両手で押さえた。


この家にも、優《やさ》しい音があふれていた時はあった。

愛蔵が歌えば、父も母も喜んでくれた。

それが変わってしまったのは、なぜだったのか。

父はギターを弾《ひ》かなくなり、明るい会話も消え、両親の言い争う声ばかり、毎日聞こえるようになった。

それでも、歌っていれば楽しくなって、またきっと——。


愛蔵はベッドを出ると、ヘッドホンをつけたまま窓際《まどぎわ》に移動する。

外は暗く、雨が音もなく降り続いている。

曇《くも》るガラスの向こうに、近くのマンションや家の明かりがぼんやりと見えた。

それを浮《う》かない表情で見つめながら、重いため息を吐《つ》く。


母に怒鳴られた時、どうしてそんなふうに言われるのか、なにが悪かったのか、少しもわからなかった。

ただ一つわかったのは、この家ではもう二度と歌ってはいけないということだけ。

突《つ》き放すようなその言葉が胸をえぐり、悲しくて大声で泣きじゃくっていた。

それをかばってくれた兄が、責めるような目で母を睨《にら》んでいたのを覚えている。

あんなに歌うことを喜んでくれていたのに。

いつの間にか、自分の声は母にとってただの騒音でしかなくなっていたのだろう。

もう、この家では誰も以前のようには笑わない。

知らない相手と腕《うで》を組んで歩く母の姿や、女子の肩《かた》を抱《だ》いて歩いている兄の姿。

見たくない、知りたくないと思っても、同じ家で暮らしていればいやでも目に入ってくる。

（自分でもわかってる。つまんねえ毎日にイラついて、物に当たって、ただ不満を吐き出してるだけ。我《われ》ながらダサすぎる……）

棚の前まで行き、身をかがめてアルバムを拾おうとした。

開いたアルバムに貼《は》られていた写真に気づき、その手が止まる。

賞状を誇《ほこ》らしげに見せて笑っている愛蔵と、嬉《うれ》しそうな顔で並んでいる両親や兄の姿が写っていた。

『愛蔵、コンクール優勝！』

写真の下に、手書きの文字で書かれたシールが貼ってある。

勢いよく書いたような母の字だった。


満場の拍手《はくしゅ》と歓声《かんせい》の音が耳の奥に蘇《よみがえ》る。

スポットライトの当たるステージの上から見た、拍手してくれる観客たちや、嬉しそうな両親や兄の顔も。

その時の、胸の熱くなるような気持ちまで思い出した。

それを忘れたくて、瞼《まぶた》を閉じる。


いつまでも、過去に囚《とら》われていてもしかたない。

嘆《なげ》いてみたところで、自分を取り巻く現状が変わるわけでもない。

アルバムをパタッと閉じると、本棚《ほんだな》の一番奥に押し込んだ。

（こんな毎日から抜け出したい。でも、俺にはなにもない……夢も希望も）

取り柄《え》といえば、ギターとダンスくらいだろうか。

といっても、それでなにができるとも思えなかった。歌うことはとっくにやめている。

運動部の友人や先輩《せんぱい》から誘《さそ》われたことならいくらでもある。

断り続けて、けっきょく部活には入らなかった。やりたいと思うことが見つからなくて。

代わり映《ば》えのしない退屈《たいくつ》な毎日の繰《く》り返し。

学校に行って授業を受けて、終われば帰るだけ。

家に戻《もど》りたくなくて、街をぶらついていることも多かった。

なんのために自分が毎日をすごしているのかもわからず、ただ無意味に時間を消費している。

この先もずっとそうなのだろうか。

高校に入っても、また味気ない日々の繰り返しなのだろうか。

いつになれば、終わるのだろう。

それとも、探し続けていれば胸を熱くする『なにか』に、いつかは出会えるのだろうか。

心からやりたいと思えるような、時間を忘れて熱中できるようなものに――。

（……俺はどうしたいんだ？）

愛蔵はベッドに寝《ね》そべって携帯《けいたい》を見つめる。

このままでいいわけがない。それだけはわかっているのに。

唯一《ゆいいつ》、自分が好きだと思えるのは音楽だけ。

音楽を聴《き》いている時だけは余計なことを考えなくていい。

ヘッドホンをつけて音楽の世界に没頭《ぼっとう》していれば、いやな音や声を聞かないでいられる。


画面をスクロールして音楽をさがしていると、募集《ぼしゅう》広告が目にとまる。

（ネクストアイドルオーディション……）

指でタップして広告を表示すると、『君の〝才能〟を開花させよう！』とそこには書かれていた。

「才能……」

携帯のライトに照らされた愛蔵の瞳《ひとみ》が、迷うように揺《ゆ》らぐ。

「そんなの、俺にあんのかな……」

歌のコンクールに出場して優勝したことはあるが、ずっと前のことだ。

もう、何年も歌っていない。

『自分を変えたい、チャレンジしたい。そう思ってる、そこのあなた！』

リビングのほうからテレビの音と声が、聞こえてくる。

学校の女子たちにも人気がある高校生モデルが出ている学習塾《がくしゅうじゅく》のＣＭだ。

『待ってるだけじゃダメ！　聖奈《せな》と一緒《いっしょ》にレッツトライ♪』

（べつにアイドルになりたいわけじゃない……）

女子が苦手なのに、なれるわけもないだろう。

学校でもほとんど話をしたことがないのだ。

いつも避《さ》けてきたから、話しかけにくい人と思われている。

声をかけられることもほとんどない。クラスの用事がある時くらいだ。

そんな自分が、テレビで見るアイドルのように、ファン相手に笑顔《えがお》を振《ふ》りまくなんてできるとも思えなかった。

（でも……やっぱり、歌いたい……！）

愛蔵は起き上がり、携帯を見つめる。

考えてみれば、自分には歌うことしかなかった。

うるさいと言われても、歌うことを一度はやめてしまっても、心のどこかで諦《あきら》めきれないでいる。

今まで、なにをやっても熱が入らなかったのは、本当は知っているからだ。

ステージの上で味わった感動を。

自分の歌声でみんなが笑顔になってくれる、その喜びを。

募集欄《らん》を見つめていた愛蔵の瞳に、決意の色が宿る。

もう一度ステージに立って、あの時のような気持ちになれたら。歌で誰《だれ》かを笑顔にできたら。

（なにかを変えられるかもしれない……）

名前を打ち込み、必要事項《じこう》を記入していく。

最後に写真を添付《てんぷ》すると、応募ボタンを思い切ってタップした。

翌日、電車で学校に向かいながら、愛蔵は窓の外をぼんやり見つめる。

「アイドル募集だって！」

聞こえてきた声のほうに視線を移すと、椅《い》子《す》に座っているのはべつの学校の女子たちだった。

「萌《も》奈《な》、かわいいし。応募してみたら？」

「えっ、無理無理！　応募する人、たくさんいるんだろうし」

「でも、萌奈のお姉ちゃん、芸能人じゃん」

「お姉ちゃんは特別なの！　私なんて無理！　普《ふ》通《つう》は書類審査《しんさ》も通らないよ」

言われた女子は困ったような顔で笑っている。


（そうだよな……）

応募してから気がついた。

そういう夢を見ているやつは山ほどいる。

退屈な日常から抜《ぬ》け出すことは、簡単にはいかない。

勢いで応募してみたけれど、なれるとは限らない。

子どものころからアイドルを目指して、レッスンをしてきた人も大勢いるだろう。

（俺、誰かに教わったこととかねーし……）

ダンスは少しばかり自信があると言っても独学だ。自分よりうまい人など、いくらでもいる。

（もしかして、すげー無《む》茶《ちゃ》なこと……したのかも？）

今になって弱気になっている。

オーディションに出場できたところで、大恥《おおはじ》をかくだけかもしれない。

他《ほか》の人たちのレベルがまったくわからない。それに、どれくらいの人が応募しているのかも。

（特別……か。そうだよな。特別なものがないと受からないよな。俺に……あんのか？　そんなもの）

愛蔵は電車の窓に視線を戻した。

（バカなことをしちまった。そう思ったけど……でも）

授業が終わって校舎を出ると、グラウンドの前を通って正門に向かう。

声をかけあいながら、野球部やサッカー部の部員たちが練習をしていた。

もうそろそろ、一次審査の結果が出るころだ。

毎日メールを確かめているが、今のところ届いてはいない。いつまで待っていればいいのか。

不意に着信音が聞こえて、愛蔵は思わず足を止める。

急いで制服のポケットから携帯を取り出した。

(アイドルオーディションの……)

一次審査の結果のメールだ。息をのんで、緊張《きんちょう》しながらそのメールを開く。

文面の途中《とちゅう》の『合格』の文字に、目を見開いた。

「うおおっ……うおおっしゃあ――――っ！！！」

思わずガッツポーズで飛び上がると、『なんだ？』というように野球部サッカー部の部員たちが振り返る。


半分、諦めていた。受かるのは選ばれた特別な人間だけ。

そこに自分が入れる確率は、きっとわずかなんだと。

(扉《とびら》が開いた…………っ！)

嬉《うれ》しくて、笑みが浮《う》かぶのを抑《おさ》えきれなかった。

「行くっきゃねえだろ!!」

そう大きな声で言いながら、勢いよく駆け出す。
こんなに気持ちが高ぶるのは、いつぶりだろう。

もう一度、歌いたい。
光のあふれるあのステージの上で――。

二

歌舞伎《かぶき》の世界は華《はな》やかだ。
色鮮《いろあざ》やかな衣装《いしょう》をまとい、光に照らされて、多くの人々の視線をあびる。
（でも、その舞台《ぶたい》に僕が上がることはない。弟……彼がいるから……）
誰もいない楽屋で染谷《そめや》勇次郎は一人、扇子《せんす》を開きゆっくりと舞《ま》う。
膝《ひざ》を落とし、花が風に舞うように扇子をひるがえしながら――。
今日の舞台には、弟も出演している。
優美に舞い踊《おど》るその姿を、観客たちは息をのんで見つめているだろう。

楽屋で化粧《けしょう》をほどこしていた弟の姿を思い出す。

女方《おんながた》と言われる女性の役を演じる役者だから、顔に真っ白な白粉《おしろい》を塗《ぬ》り、唇《くちびる》に丹念《たんねん》に紅を塗っていた。

血のように濃《こ》いその色が、まだ目に焼き付いている。

勇次郎の暮らす『染谷』の家は、代々歌舞伎を継承《けいしょう》してきた。

父は名の知られた歌舞伎役者で、物心つくころからずっと舞台に立ち続けてきた人だ。

そして、弟も同じ道を歩いている。それがしきたりだからだ。


この家に入った時から、自分も父や弟と同じように歌舞伎の世界で生きていくのだと思っていた。

望めば、努力を重ねれば、同じ舞台に立てる日がくるのだと——。

知らなかったのは、そこが選ばれた者しか立つことを許されない、特別な世界だったということ。


舞い終えると、勇次郎は深く息を吐《は》く。

台詞《せりふ》を覚えても、うまく舞えても、舞台には立てない。

誰《だれ》かが見てくれるわけでもない。

拍手喝采《はくしゅかっさい》を浴びるのはいつだって——。

うつむいた顔を、長い前髪《まえがみ》が隠《かく》す。


暖簾《のれん》をくぐって楽屋に入ってきた弟の光一郎《こういちろう》に気づき、ハッとして顔をあげる。

いつの間にか舞台が終わっていたようだ。

弟は機嫌《きげん》の悪そうな表情で勇次郎の前を通りすぎると、衣装を乱雑に脱《ぬ》ぎ捨てる。

勇次郎は畳《たたみ》に正座して、深く頭を下げた。

「お疲《つか》れ様でした、光一郎さん……」

「無駄《むだ》なことすんな」

鏡台の前に座って化粧を落とす弟の言葉に、「え？」と頭を起こした。

「いくら稽古《けいこ》したって、あんたは舞台に立てないんだから」

冷淡《れいたん》に吐き捨てた弟と鏡越《ご》しに目が合った。そこに浮かんでいたのは、軽蔑《けいべつ》の色だ。

勇次郎はなにも言えず、うつむいて唇を結ぶ。

先ほどの舞《まい》を見られていたのだろう。それは弟が今日、舞台で踊っていたのと同じ舞だ。

この家の跡取《あとと》りは弟の光一郎で、周囲からも期待されている。

華やかな世界に身をおく弟と、それを陰《かげ》で見ていることしかできない自分は違《ちが》う。

同じ『染谷』の苗字《みょうじ》を持っていたとしても。

それはしかたのないことだ――。

勇次郎は表情を消したまま、黙《だま》って光一郎の脱いだ着物を折りたたむ。

その手が止まったのは、「光一郎」と弟を呼びながら父が入ってきたからだ。

和服姿の父は座っている勇次郎には目もくれず、真っ先に弟を見ていた。

「ご贔屓《ひいき》さんがいらっしゃっています。ご挨拶《あいさつ》をしなさい」

「はい、お父さん」

先ほどとは打って変わったように明るく返事をした弟が、立ち上がって楽屋を出ていく。

父が暖簾を手であげたまま、ふと思い出したように振《ふ》り返った。

「勇次郎」

「あっ……はい」

勇次郎は、緊張したように姿勢を正して返事をする。

「片付けが終わったら、帰りなさい」

それだけだ。言い終えた時には、父はもう自分を見てはいなかった。

「……はい……お父さん」

声を小さくして答えると下を向く。

弟が今日の舞台について楽しそうに父と話をしているのが聞こえてくる。その声が廊下《ろうか》の向こうに遠ざかる。

『跡は継《つ》がせない。お前には華がないんだ』

父のその言葉とともに閉《と》ざされた世界――。

（華ってなんだ……なにが違うっていうんだ……）

舞台に立たせてもらえるなら、証明してみせるのに。そのためにはどんなことでもする。

どんなにつらい稽古でも、耐《た》えてみせる。

けれど、その資格は自分には与《あた》えられなかった――。

『いくら稽古したって、あんたは舞台に立てないんだから』

弟の言葉がまだ耳に残っていて、膝の上で痛いほど強く手を握《にぎ》りしめる。

この先もずっと、誰にも期待されることもなく、望まれることもなく、弟の影《かげ》のように生きていく。それが自分に与えられた、『定め』だというのだろうか。

どれほど憧《あこが》れていても、光が照らすのは自分ではなく、べつの誰か。

なぜ世界はこんなにも理不尽《りふじん》で、不公平なのだろう。

なぜこんなふうに、生まれながらにして分けられなければならないのだろう。


「勇次郎」

楽屋に入ってきた母の多恵《たえ》が、「お疲れ様」と気づかうように微笑《ほほえ》んだ。

「お母さん……」

「手伝うわ」

隣《となり》に座った母と、しばらく黙ったまま衣装の飾《かざ》りや小道具の片付けをする。

「……勇次郎、好きにしていいのよ」

不意に言われて、母の顔を見る。

「染谷家の当主と再婚《さいこん》したのは私……あなたは、この家に縛《しば》られることないわ」

申し訳なさそうな表情で、母は微笑《びしょう》を浮《う》かべていた。

再婚してからの母は、あまり幸せそうには笑わない。

不平不満も言わず、毎日我慢《がまん》してばかり。弟にキツく当たられた時もそうだ。

「いいんだ。他《ほか》にやりたいこともないしね」

顔をそむけ、勇次郎は弱い笑《え》みを浮かべてそう答えた。

　これ以上、負担や余計な心配をかけたくない。

「でも……」

「ゴミ、捨ててくる」

　言いかけた母の言葉を遮《さえぎ》るように言って立ち上がり、袋《ふくろ》を手に楽屋を出た。


　公演も終わり、劇場も閉まっているから廊下には誰もいない。

　薄暗《うすぐら》い照明だけが灯《とも》っていた。

（どこかへ行きたいとは思う。でも、ここを出て、どこへ行けばいいのか……）

　母も自分も、この家以外に行き場などない。

　勇次郎は足を止め、壁《かべ》に飾られていた大きな肖像画《しょうぞうが》を見上げる。

　華《はな》やかな衣装《いしょう》をまとい、化粧《けしょう》をした父の姿が描《えが》かれていた。

　勇次郎を一瞥《いちべつ》した時と同じ、冷たさを感じさせる瞳《ひとみ》が額の中で見下ろしている。

　今まで、ずっと舞台《ぶたい》に立つことが望みだったのだ。

　そのために、他の全部を捨ててきた——。

『跡は継がせない。お前には華がないんだ』

父の言葉が頭をよぎる。それをうつむいて聞いているしかなかった自分の姿も。


「行きたいところも、やりたいこともない……僕にはなにもない」

勇次郎は自分の空っぽの手のひらを見つめて、ポロッとこぼした。

どこなら、受け入れてもらえるのだろう。

どこなら、自分の居場所だと思えるのだろう。

そんな場所が、この世界のどこかにあるのだろうか。


あるのなら、教えてほしい――。

どうしたら、そこに行けるのか。


楽屋に戻《もど》ると部屋は片付いていて母の姿はなかった。

終われば、もうここにいる必要はない。

母は縛られることはないと言う。けれどこの家にいる限り、きっと縛られ続けるのだろう。

しがらみを断《た》ち切る術《すべ》や力は、今の自分にはない。

（でも、もし……この家を出られたら……）

もっと自由で、広い世界に行けたら――。

ただの望みだ。現実はそんなに簡単にはいかないことくらいわかっている。

膝《ひざ》をつき、机の上に散らかっていた雑誌を片付ける。

弟の写真が表紙になっている雑誌だった。

若手の歌舞伎《かぶき》役者としてすでに注目を集めているから、雑誌の取材なども入るのだろう。

裏に返した時、掲載《けいさい》されていた『ネクストアイドルオーディション』の募集《ぼしゅう》広告が目にとまる。

『グランプリはデビュー決定！』

大きく書かれていたその文字を、勇次郎は少しのあいだ見つめていた。

「デビュー……」

（デビューしたら、舞台にあがれるのかな……）

気の迷いのようにそんなことを考える自分に、苦笑《くしょう》がにじむ。

（無理に決まってる……父にも見限られた……）

弟の言う通り、無駄《むだ》なことなのだろう。もしかしたら、いつか舞台に立てる日がくるかもしれないと、ありもしない希望に縋《すが》りながら稽古《けいこ》を続けてきたことも。

まして、アイドルなんてなれるわけがない。

それほど愛想《あいそ》がいいわけではない。

学校ではできるだけ人と関《かか》わらないようにしてきたし、長い前髪《まえがみ》で顔を隠《かく》してうつむいて歩くことも多かった。

『地味なやつ』と、陰口《かげぐち》を叩《たた》かれていることも知っている。

それに、今までやってきたのは歌舞伎のための稽古ばかりだ。

アイドルになるために必要なレッスンを受けてきたわけではない。

その世界のことを、なにも知らない。

けれど、もし舞台に上がれたら。

ステージに立てたら、誰《だれ》かに見てもらえるのだろうか。

そこなら、『君が必要だ』と望んでくれる人たちがいるのだろうか。

変わりたい――。
好きなことを思いっきりやれたら、心から笑えるようになるのだろうか。
全力でなにかに打ち込んだら、胸を張って、自分を誇《ほこ》れるようになれるだろうか。
（アイドルになる……そんなこと、これまで考えたこともない……でも）

勇次郎はその場に座り、携帯《けいたい》を取り出す。
オーディションサイトを開き、その応募欄《らん》を迷うように見つめながら、長く伸《の》びた前髪を片手であげてみる。

（なにかが見つかるかもしれない……だから）
待っていても、なにも変わらないだろう。
諦《あきら》めていては一歩も進めない。今と同じ無意味な日々が続いていくだけだ。
変わらなければ、なにも始まらない。
強く携帯を握《にぎ》り締《し》めてから、応募欄に名前を打ち込む。
最後に写真を貼《は》り付けると、思い切って応募ボタンをタップした。

そう思って、応募してしまったけど——。

昼休憩《きゅうけい》の時間、勇次郎は誰もいない学校の階段に一人座り、膝の上に弁当を広げながら携帯を見つめる。

ここは滅多《めった》に他の生徒が来ないから、人の声もしなかった。

そろそろ一次審査《しんさ》の結果が出るはずだが、今のところメールは入っていない。

同じように舞台を目指している人はいくらでもいる。アイドルの世界もそうだろう。

何千、何万、何十万の中から選ばれる。それは、ほとんど奇跡《きせき》と言っていい。

（奇跡を起こすような強運は、たぶん僕にはないだろう。今まで誰かに選ばれたことなんてないんだから……）

携帯の画面を見つめる勇次郎の瞳が揺《ゆ》らぐ。

きっと神様は、見ていない。

神様に愛されるのは、華のある特別な人だけだ。

わかっているのに。十中八九諦めながら、それでも期待を捨てられない自分もいて——。

学校が終わって家に帰ると、玄関《げんかん》の前で立ち止まる。

（メール……今日もなかった……）

毎日、学校にいるあいだも、家の手伝いをしているあいだも、気もそぞろになってしまって何度もメールを確かめた。

やっぱり、不合格になっているのだろうか。

不合格でも、結果を知らせるメールは届くはずだが、それもまだ入ってこない。

ため息を吐《つ》いた時、新着のメールを知らせる音が、ズボンのポケットから鳴る。

携帯を取り出すと、メールの件名だけが表示されていた。

オーディションの結果通知だ。

勇次郎は息をのみ、携帯を握り締めたまま急いで家に入る。

誰もいない部屋に駆《か》け込んで畳《たたみ》の上に座り、緊張《きんちょう》した指でメールを開いてみる。

手が震《ふる》えそうになった。

おそるおそる文面に目を通すと、そこに書かれていたのは――『合格』の文字だった。

携帯を両手で持ったまま、大きく目を開く。
(嘘《うそ》みたいだ……っ)
思わず、笑《え》みがこぼれた。
(初めて知った。選ばれるってこんなに……こんなに嬉《うれ》しいんだ!)
弾《はじ》かれてばかりだった特別な世界に、今度こそ行けるのかもしれない。
選ばれた先になにがあるのかわからない。
(でも、見てみたい……)

洗面所に行くと、鏡に映る自分と向き合う。
長い前髪で表情を隠すように、いつもうつむいてばかりいた。
父や弟のように誇れるものが何一つない自分が、きらいだったから。
こんな自分でも、輝《かがや》ける場所があるのなら——行ってみたい。

「行くために、僕は……!」
額にかかる前髪にハサミをいれる。

斜《なな》めにばっさりと切ってしまうと、顔を上げて微笑《ほほえ》んだ。

待っているだけではダメだ。

他《ほか》の誰かの夢ではない。自分自身の夢を叶《かな》えるために。


『僕は、変わる……』


オーディション、二次審査の当日。会場のホールのロビーに、五人の男子が集まっていた。

Ｆｕｌｌ　Ｔｈｒｏｔｔｌｅ４。通称《つうしょう》、ＦＴ４と呼ばれるダンスボーカルユニットのメンバーだ。

「お久しぶりね、ＩＶ君。今日はみんなも来てくれてうれしいわ。元気だった？」

そう、声をかけたのはオーディションの主催者《しゅさいしゃ》である芸能事務所『メビウス』の田村《たむら》社長だ。

その後ろに控《ひか》えているのは、内田茉優《まゆ》というマネージャーの女性だ。

「ご無沙汰《ぶさた》してます。田村さん」

ＩＶが田村社長のほうを向いてニコッと笑う。

「Ｆｕｌｌ　Ｔｈｒｏｔｔｌｅ４の全国ツアー、追加公演が決まったそうじゃない。絶好調ね」

「俺らはいつも、フルスロットル。いつでも絶好調ですから」

そう言ったのは、ボーカル担当のＹＵＩだ。

「僕たちが一位になっちゃうのはしょーがないんだよ。だって、ライバルになりそうなやつがいないんだから。悲しい～」

ダンス担当のＭＥＧＵが調子にのったように言って、「フフフッ」と笑う。

「俺らの実力からしたら当然だ」

カウンターに脚《あし》を組んで座っているＤＡＩが、帽子《ぼうし》を押さえながら言う。

彼もＭＥＧＵと同じダンス担当のメンバーだ。

「こら、田村さんに失礼だろ」

そう、もう一人のボーカル担当、ＲＩＯがたしなめる。

「今の俺たちがあるのは、田村さんがプロデュースしてくれたおかげですよ」

ＩＶがそう言って微笑んだ。彼らが今日ここに来ているのは、田村社長に頼《たの》まれたからだ。

「あなたたちの才能と努力の賜《たまもの》よ。今日はオーディションの審査、よろしくね」

「田村さんのお眼鏡《めがね》にかないそうな逸材《いつざい》は、見つかりますかね」

そう尋《たず》ねると、「さーどうかしら」と田村社長は頬《ほお》に指を添《そ》える。

「ときめく出会いがあることを願うわ」

第二章

第二章

一

　オーディション会場の控え室では参加者たちが開始時間になるのを待っていた。
　愛蔵は隅《すみ》の椅子《いす》に座って、他の人たちの様子をさりげなく観察する。
（こんなにいるのか……これ、二次だろ？）
　大勢待機していて、座る場所もないほどだ。
　愛蔵が受付で配られたナンバープレートの番号は、『５６０番』。
　いったい、何人が二次審査《しんさ》に残ったのか。
　二次審査の次は最終選考。かなり、人数が絞《しぼ》られることになるのだろう。
　グランプリに選ばれて、デビューできるのはその中で、たった一人——。
（変な汗《あせ》……かいてきた）
　緊張《きんちょう》してきて、手を密《ひそ》かに握《にぎ》る。

アイドルのオーディションを受けるなんて、もちろん初めてだ。

審査内容は書類に書いてあったから把握《はあく》はしているものの、他の応募者《おうぼしゃ》のレベルも、審査の基準もなにもわからない。

オーディションを何度も受けている人たちも、この中にはいるのだろう。

（うっ、マズい……のまれそう。みんな余裕《よゆう》ありそうに見える……）

落ち着けと言い聞かせながら、ヘッドホンを取り出してつける。

人のことを気にしている場合ではない。今は本番に備えて、集中する時だ。

（大丈夫《だいじょうぶ》。俺だって、今日まで遊んでたわけじゃない）

一次審査の合格通知をもらった日から、準備は進めてきた。

ランニングや筋トレは欠かさなかったし、よく行く高台の公園で繰《く》り返しダンスや歌の練習をした。

面接での受け答えもしっかり考えている。

とはいえ、それもみんな自分なりにだ。指導してくれる先生がいるわけではない。

本気で合格を目指している人は、先生についてやっているのだろう。

（俺の実力でどれだけ通用するんだろうな……）

音楽を聴《き》きながら、他の参加者に目を向ける。

参加できる年齢《ねんれい》は十三歳から十八歳までと募集要項《ようこう》に書かれていた。

高校生のほうが多いように思えたが、愛蔵と同じような中学生も数人はいるようだった。

少し離《はな》れて壁《かべ》にもたれている『４１０番』のナンバープレートをつけた男子も、背丈《せたけ》や体格からして中学生だろう。

少し長めの髪《かみ》で、黙《だま》ったまま本を読んでいる。『アイドル文化史論講義』というタイトルの、やけに小難しそうな本だ。

（真面目《まじめ》かよ……面接対策か？）

見られていることに気づいたのか、相手が急に振《ふ》り向いた。

目が合うと、『見るな』とばかりに睨《にら》んできて本を隠《かく》そうとする。

その態度にムッとした。

（誰《だれ》も見ねーよ……自意識過剰《かじょう》か）

フイッと横を向いて、音楽をかける。

（目立たないし、細っこいし……大丈夫か？　こいつ）

アイドルを目指しそうな雰囲気《ふんいき》には見えない。オーディション慣れもしていなさそうだ。

（まっ、こいつはライバルにはなりそーにないな。性格もあんま良くなさそうだし……）

本番前に余計な相手には関《かか》わりたくない。

目をつぶりながら、音楽を聞き流す。

「うわ～っ、人いっぱいや！　みんな、かっけぇ～！」

急にはしゃぐような声が聞こえて、愛蔵は出入り口のほうに視線を向けた。

入ってきた男子は、大きなクリッとした瞳《ひとみ》で控《ひか》え室を興味津々《きょうみしんしん》に見まわしている。

参加者たちも、「えっ、なになに？」、「誰？」とざわついていた。

（なんか、ウザそうなやつがきたし……）

愛蔵は眉《まゆ》をひそめた。

「俺、苺谷星空《いちごやかなた》、よろしく～」

ピリピリとした空気もおかまいなしに、元気に挨拶《あいさつ》をしている。

「星空、いきなりなれなれしすぎ。遊びに来てんやないで。これオーディションやから」

後から入ってきたもう一人の男子が注意した。

大勢集められたこの広い控え室の中でも、ひときわ目立つ整った顔立ちの男子だ。

（あいつらも中学生だよな……？　高校生か？）

年齢はそう変わらないように見える。

「だって、せっかく会えたんやから仲良くなりたいやん。あ、こっちは海堂《かいどう》飛鳥《あすか》。俺の親友。よろしくな〜」

紹介《しょうかい》された男子は緊張気味に、「どうも……」とペコッと頭を下げていた。

(これソロオーディションだろ。友達同士でくんなよな)

二人とも関西弁だ。このオーディションは全国から集められているのだろう。

「……って、おい。行くな、星空、おいって！」

「これ、俺の好きなアメちゃん。めっちゃおいしいから食べて！」

あわてて友人が止めるのも聞かず、苺谷星空と名乗っていた男子は参加者たちのあいだをまわってアメを配り始めた。

神経を尖《とが》らせている参加者が大半の中で、よほど図太い神経の持ち主なのだろう。

(どこのおばちゃんだよ……)

愛蔵は見ないふりをしながら、心の中でツッコんだ。

目を合わせないようにしていたが、星空はアメを配りながらどんどん近づいてくる。

「はい、おたがい、頑張《がんば》ろな！」

愛蔵の前に来ると、真っ白な歯を見せながらニカッと笑ってアメを差し出してきた。

728

無視すると心に決めて、眉間《みけん》を目《め》一杯《いっぱい》絞《しぼ》ったままフイッと顔をそむける。『話しかけんな～！』と念じているがまったく効果はないらしい。

「なあ、聞いてる～？　お～い？」

星空は棒付きのアメを差し出したまま、ヒョイッと顔をのぞき込んでくる。

まったく悪気がなさそうな表情だ。

その首に腕《うで》をまわして、グイッと引き離したのは一緒《いっしょ》にいた海堂飛鳥という男子だ。

「星空、集中してるんやから邪魔《じゃま》するなって」

そう言われると、今度は壁際《かべぎわ》の男子に近づいていく。まったく懲《こ》りない性格らしい。

「はい、アメちゃんどうぞ！」

笑《え》顔《がお》でアメを差し出していたが、『４１０番』の男子に「結構です」とすげなく断られている。

さすがにシュンッとした顔になり、アメを引っ込めていた。


「皆《みな》さん、お待たせしました」

出入り口のほうで声がして、愛蔵も本を読んでいた男子も、飛鳥や星空も振り向く。

他《ほか》の参加者たちも急に静かになっていた。緊張した空気が控え室の中に広がる。

「これよりアイドルオーディション、二次審査《しんさ》を始めます」

メガネをかけたスーツ姿の女性が、控え室に集まっている参加者に向かって案内する。

（いよいよだ……！）

愛蔵はヘッドホンを外す。

壁際にいた男子も本を閉じ、キリッとした表情になっていた。


審査は始まったが、愛蔵のグループは後半だ。出番はまだ先だろう。

『４１０番』の男子も、相変わらず本を読みながら黙って待っている。

壁の時計を見ると、開始からもう二時間ほどが経《た》っていた。

「審査員にＦｕｌｌ　Ｔｈｒｏｔｔｌｅ４がいるってさ！」

「ＦＴ４!?　マジかよ、ヤベェ！」

そう、興奮気味な声が聞こえてくる。

（ＦＴ４……！）

愛蔵は驚《おどろ》いて、集まって盛り上がっている参加者たちのほうに視線を移した。

人気絶頂のダンスボーカルユニットだ。

(そんな話、聞いてないんだけど⁇)

募集《ぼしゅう》要項や広告にも記載《きさい》されていなかった。

愛蔵も、彼らの歌やダンスはライブDVDを観《み》て研究してきた。

本人たちの前で自分が披露《ひろう》するのかと思うと、緊張《きんちょう》で心臓の音が大きくなる。

(マズい……上がりそう……っ)

下手《へた》なダンスや歌は見せられない。笑いものになるのだけは絶対にいやだ。


「一人で大丈夫《だいじょうぶ》？　お母さん、ついていこうか？」

「大丈夫だって。終わったら、連絡《れんらく》するから。外で待ってて」

そんな会話をしているのは小学生と見間違《みまちが》えそうな背かっこうの男子と、その母親だ。

「頑張《がんば》ってね！　タッ君なら絶対合格、間違いなしよ！」

母親は励《はげ》ますように、グッと拳《こぶし》を握《にぎ》っていた。


「……うっぜ」

「……うざ」

隣《となり》から同じタイミングで声が聞こえて、「ん？」と振《ふ》り向く。

睨《にら》むような目でこっちを見ていたのは、『４１０番』の男子だ。

「……なんだよ？」

愛蔵がムッとしてきくと、「なにが？」と愛想《あいそ》のない声でき返された。

「今、なんか言っただろ」

「べつに。言ったのはそっちだろ」

愛蔵は「は!?」と、眉をつり上げる。

「お前なんか知らねーし」

「僕だって、お前なんか知らない。だいたい、先に声をかけてきたくせに、知らねーとは意味がわからない」

「俺を見て、うざって言っただろうが！」

フンッと小馬鹿《こばか》にしたような顔で言われて、つい声が大きくなる。

相手がうんざりしたようにため息を吐《つ》いた。

わずらわしいと思っているのが顔にも態度にも出ている。

（やっぱ、性格悪いな。こいつ……っ！）

「なんだよ……今のため息は」

「気分が悪いからため息を吐いたんだ。まったく、大切なオーディションで、こんなバカに絡《から》まれるなんて最悪な気分だ」

やれやれとばかりに首を振る男子の胸《むな》ぐらを、両手で乱暴につかんで引き寄せる。

顔がけわしくなった。

「お前……ケンカ売ってんのか？」

最悪な気分なのは、こっちも同じだ。せっかく集中しようとしていたのに台無しだ。

「腹が立つとすぐに手を出す。バカの特徴《とくちょう》だ」

愛蔵を見ながら、相手が皮肉たっぷりに笑った。

「このやろ……っ！」

（言わせておけば……誰《だれ》がバカだっ!!）

「ちょっとあなたたち!!」

オーディションの案内をしていたスーツの女性があわてて止めに入る。

「アイドルはケンカ御《ご》法度《はっと》！　トラブル起こしたら、即《そく》失格よ！」

相手の男子と睨み合っていた愛蔵は、堪《こら》えるように奥歯を噛《か》んでからその手を放した。

（こんな性格悪そうなやつ、アイドルになれるわけねーしっ！）

心の中で吐《は》き捨てながら、愛蔵はフンッとそっぽを向く。

相手の男子もひどく気分を害した様子で、『お前の顔など見たくもない』とばかりに横を向いていた。

言い合いをしたせいだろうか。いつの間にか緊張を忘れていることに気づいて、手を開いてみる。汗《あせ》が引いている。愛蔵はその手を、『よしっ！』と密《ひそ》かに握り締《し》めた。

番号を呼ばれてホールに移動すると、『４１０番』の男子もステージに並んでいた。

どうやら同じグループのようだ。気に入らないとはいえ、文句を言うわけにはいかない。

今度もめ事を起こせば、本当に退場だ。

初対面の相手とケンカをして失格になるなんて、それこそ大バカのやることだろう。

（今度絡んできても、絶対に無視だ……っ！）

心に決めて、ステージの上で待機する。

審査員席を見ると、ＦＴ４のメンバーが横並びで座っていた。

（本当にいるんだな……）

テレビやＤＶＤでしか見たことのない人たちだ。

参加者が前に出て歌やダンスを披露するのを、退屈《たいくつ》そうに眺《なが》めている。

ときどき、あくびがもれていた。参加者が多いため、審査も長引いている。それも、しかたないことだろう。

ステージ中央でダンスをしながら歌っているのは、ママと一緒《いっしょ》に来ていた男子だ。

ガチガチに緊張してしまっているのか、ひどく音を外していて審査員たちも苦笑《くしょう》している。

他《ほか》の人たちも月並みだ。格段にうまいと思える人は、今のところいない。

とはいえ、他のグループの審査までは見ていないのでわからなかった。

「４１０番のかた」

「はい」

スッと前を向いてステージの中央に歩いていくのは、先ほど愛蔵に絡んできた男子だった。

立ち姿が目をひくのは、姿勢がいいからだろう。

（あいつ……生意気なこと言ってたくせに、ヘボかったら鼻で笑ってやるからな）

見たところ、緊張してはいないようだ。

「染谷勇次郎です。よろしくお願いします」

頭を下げて挨拶《あいさつ》をすると、一呼吸おくようにライトの並んでいる天井《てんじょう》を見上げる。

その瞳《ひとみ》に光が当たってきらめいていた。眩《まぶ》しそうに目を細めた後、笑《え》みを浮《う》かべる。

正面を向くと、目を伏《ふ》せながらゆっくりと歌い出す。

伸《の》びやかな声がホールに広がり、『おっ』というように審査《しんさ》員席のＦＴ４も背を起こして聞く体勢になっていた。

音程の良さもあるが、感情の込めかたがうまい。声域も広そうだった。

（あのウザ野郎《やろう》……っ）

他の参加者たちとは全然違う。

サビの部分を声量豊かに歌い上げる彼の声に、引き込まれそうになる。

ボイストレーニングの教室にでも通っていたのだろうか。初心者の歌いかたではなかった。

愛蔵は密かに自分の手を握る。

（俺だって、ダンスなら自信があるんだよ……）

負けられない。選ばれるのはたった一人だ――。

二

審査を終えてステージ袖《そで》に移動した勇次郎は、手のひらを見つめる。その手をグッと握《にぎ》った。

(ちゃんと歌えた……手《て》応《ごた》えはあった……大丈夫《だいじょうぶ》)

審査員の反応も悪くなかったはずだ。

降り注ぐライトの光の眩しさと熱を思い出すと、口もとが緩《ゆる》む。

これが最初のステージ。

誰かに与《あた》えられたものではなく、自分のこの手でつかんだチャンスだ。

「５６０番のかた」

スタッフの声で振り返ると、控《ひか》え室で絡んできた男子の番だった。

勇次郎の眉《まゆ》の端《はし》がピクッとあがる。

(あのウザ野郎……)

控え室では、ずっとヘッドホンをつけて音楽を聴《き》いていた。

(いきなり、うっぜとか言って絡んでくるし)

勇次郎の呟《つぶや》きを自分のことと勘違《かんちが》いしたのだろう。胸ぐらをつかまれたことを思い出して、眉間《みけん》に皺《しわ》が寄る。

（短絡《たんらく》的だし、寝起《ねお》きみたいなボサボサの髪《かみ》だし、服のセンスもないし、バカそうだけど、ちゃんと歌えんだろうな、アイツ……）

これで下手《へた》くそだったら、救いようがないから家に帰れと言ってやりたいところだ。

勇次郎は腕《うで》を組んで、ステージのほうを見る。

ステージの中央に進み出た男子は、「柴崎愛蔵、よろしくお願いしまーす！」と明るい声で名乗っていた。

テンポの速いリズミカルな曲に合わせて、ダンスパフォーマンスを入れながら歌い出す。

キレと勢いのあるダンスに、「おおっ」と審査員のあいだからも声が上がっていた。

FT4のメンバーも楽しそうに笑って見ている。

自由に踊《おど》りながら、難易度の高いステップや動きもサラッと入れてくる。バランス感覚がいいのか、片手でパッと倒立《とうりつ》するようなアクロバティックな動きも入れていた。

踊っている本人も目が輝《かがや》いて、生き生きとした表情になっている。

ヘッドホンをつけて音の世界にこもっていた時とはまったく違う顔だ。

踊りながらも息切れしていないところを見ると体力もあるのだろう。

声がホール全体によく響《ひび》くし、高音が綺麗《きれい》に伸びる。

（へぇ……名前、なんて言ったっけ……あいつ）

気に入らない相手ではあるが、他の参加者より目をひくのは確かだ。

最終選考に残るのが何人なのかはわからないが、その中には入るかもしれない。

オーディションでグランプリを獲得《かくとく》できるのは、たった一人――。

（絶対、負けられない……）

勇次郎は真剣《しんけん》な眼差《まなざ》しで、踊っている男子を見つめる。

彼は曲が終わると、やりきったというような笑顔で審査員に頭を下げていた。


ダンスと歌の審査が終わった後は、面接審査だった。

ステージ上に並べられた椅子《いす》に参加者たちが座り、指名形式で順次答えていく。

「どうしてアイドルになりたいのか、志望動機を教えてください」

マイクを手にきいたのは、審査員をしている『メビウス』という芸能事務所の社長だ。

このオーディションの主催者《しゅさいしゃ》でもあるらしい。

「人を楽しませることが好きなので、アイドルになってファンを笑顔にしたいんです！」

「アイドルになることが、昔からの夢なんです」

「動機不純ですけど、女子にモテたいなぁって。あっははっ」

他の参加者たちが、次々に答える。

想定内の質問だ。みんな、あらかじめ答えを用意してきたのだろう。

差し障《さわ》りのない受け答えばかりだ。


「俺は宇宙一のアイドルになります！　そんでそんで、宇宙のみんなを幸せにします！」

ひときわ元気な声で答えたのは苺谷星空だ。胸を張り、自信満々な顔になっている。

「いや、まず地球からやろ！」

隣《となり》に座っていた飛鳥が、苦笑気味にツッコんだ。

「いやだって、目標はデカいほうが、やりがいがあってええやん。飛鳥の目標は？」

「え？　俺は……って、仕切んな！」

「飛鳥も、俺と同じでーす」

「まだ、なにも言ってへん！」

ステージの上だということを忘れているのか、すっかり二人のペースだ。

審査員席からも、笑い声があがる。

(やっぱ……ウザ)

勇次郎は横目で二人を睨《にら》んだ。

注目を集めているのが気に入らない。二人のダンスや歌は、勇次郎もステージ袖で見ていた。星空の歌唱力は群を抜《ぬ》いていてうまかった。歌に自信があった勇次郎ですら、舌を巻いたほどだ。

飛鳥のダンスには、ＦＴ４のメンバーたちも目を見張っていた。

ライバルになりそうな相手はいないと思っていたけれど、そうでもなかったようだ。

さすがに、全国から集められているだけのことはある。

(審査員受けも良さそうだし……)

メラッと、闘志《とうし》に火が点《つ》く。

ふと横を見ると、『５６０番』の男子も同じような目で二人を見ていた。

おたがい見ていることに気づくと、しかめっ面《つら》のままフィッと横を向く。

続いて質問されたのは、『５６０番』の男子だ。

「アイドルって、なにするのかよくわかんないんですけど……」

　考え込むように言ってから、パッと審査員《しんさ》のほうを見る。

「歌いたいから！」

　ステージで踊っていた時と同じ、明るい笑顔《えがお》になっていた。


　次に指名されたのは、勇次郎だ。

「正直、アイドルでなくてもいいんです。ただ……」

　一度視線を下げてから、真っ直《す》ぐ審査員席を見る。

「舞台《ぶたい》に立ちたいんです」

　そう答えた勇次郎の顔が輝く。

　だから、絶対に譲《ゆず》れない――。

◆

「以上でオーディション二次審査は終了《しゅうりょう》いたしました。お疲《つか》れ様でした」

控え室に入ってきたスーツ姿の女性が告げると、参加者たちが立ち上がって帰り始める。

緊張《きんちょう》が解けたからか、賑《にぎ》やかな声が広がった。


会場を出たところで、勇次郎は一息吐《つ》く。

もうすっかり空が暗い。店の照明や街灯が、歩道を明るく照らしていた。

(終わったな……)

やれることは全部やった。あとは、結果を待つだけ――。


「ふぅ、終わったな」

「あ～、めっちゃ楽しかった！　飛鳥、プリン食べたい！　プリン、プリン！」

楽しそうに話をしながら出てきたのは、飛鳥と星空だ。

「プリンプリン言うな。子どもやないんやから。で、どこでプリン食べれるんや？」

「え？　あそことか、あそことか、あそことか！」

「いや、食べすぎや……」

最初から最後までマイペースな二人だ。

二次審査を余裕《よゆう》で合格できると思っているからだろうか。

ライバルになる相手はいないと思っているのかもしれない。

立ち去る二人の後ろ姿を、勇次郎は面白《おもしろ》くない顔で眺《なが》めていた。

「……うざ」

「……うぜ」

ボソッとした声でもらすと、同じタイミングで声が聞こえる。

隣を見れば、『560番』の男子だ。またこいつかと、うんざりする。

「……なに？」

「なんだよ？」

「今、僕になんか言っただろ」

「は？　なんも言ってねーよ。みんながお前を見てると思ってるわけ？　自意識過剰《かじょう》なんじゃねーの？」

うるさそうな顔をして、相手が言い返してくる。

その態度にムカッとして、勇次郎は軽く息を吸い込んだ。

「『歌いたいから！』」

面接の時の声マネをして見せると、相手の頬《ほお》がピクッと引きつった。

「子どもか。今どき子どもでももっとマシなこと言うぞ。歌いたけりゃ、カラオケで歌ってこい」

小馬鹿《こばか》にした表情を作り、ヒラヒラと手を振《ふ》る。

その程度の気持ちでオーディションを受けにこられたら、本気で挑《いど》んでいるこちらが迷惑《めいわく》だ。

相手がグッと言葉に詰《つ》まって、横を向く。

「『舞台に立ちたいんです～』」

仕返しのつもりなのだろう。そう、勇次郎の声マネをしてくる。

「って、さっき立ってたのは舞台じゃねえのか？　意味わかんねーし」

『５６０番』の男子は、ハッと肩《かた》をすくめる。

勇次郎が睨むと、『なんだよ、やんのか？』とばかりに睨み返してきた。

（やっぱ、こいつ……ウザすぎ!!）

「速《すみ》やかにお帰りください！」

後ろから案内をしていたスーツの女性が声をあげる。『また、この二人！』というようにこわい顔になっていた。

「まあいいや。もう会うことはないだろうから！」

嫌《いや》みったらしく言ってきた相手に、「ああ、そうだな！」と言い返す。

「もう二度と、なにがあろうと会うことはないだろう。たとえ会ったとしても、他人だからくれぐれも声をかけないでくれ！」

「誰《だれ》がかけるか！」

二人は『フンッ！』とそっぽを向いて、別々の方向に歩きだした。

（こんなバカの顔を見るのは、金輪際ごめんだ！）


審査の行われた広い会場に残っているのは、田村社長と、内田マネージャー。それに、ＦＴ４のメンバーと、くせ毛のメガネをかけた男子だ。

「ハァ……一般公募《いっぱんこうぼ》すると来ちゃうんですよねー。ああいう問題児が」

頭が痛いとばかりに、マネージャーの内田茉優がため息を吐く。

オーディションが始まる前も終わった後も口論をしていた、『４１０番』と『５６０番』の二人のことだ。

「見てて面白かったよ。オーディションでケンカするなんて、バカにもほどがあるけどー」

ＦＴ４のＭＥＧＵが客席の背もたれに腰をかけたまま笑う。メンバーの中では一番小柄《こがら》だ。

そばの客席に座っていたＹＵＩが、「元気よくていいじゃん」と答えた。

「でもあの二人、素質は悪くないんじゃね？　俺ほどじゃねーけど」

帽子《ぼうし》を指で押さえながらそう答えたのはＤＡＩだ。

「しっかりトレーニングすれば、それなりのものになるかもしれない」

ＲＩＯが真面目《まじめ》な顔になって言う。

ＦＴ４のメンバーは彼らに好印象を抱《いだ》いたようだった。

たしかに他《ほか》の参加者たちに比べると、あの二人は印象に強く残るほど輝《かがや》いていたし、歌、ダンスの技術的にも突出《とっしゅつ》していただろう。

「いくら素質があっても、協調性がなければ、この業界ではやっていけません！」

スキャンダルや問題を起こされると困るだけではない。事務所にとっても大きな痛手になる。

あの二人は間違《まちが》いなく、要注意人物だ。

「ねぇ、社長……」

内田マネージャーは、「あれ？」とまわりを見る。

田村社長は、メガネの男子と出入り口の近くで話をしているところだった。

「おかげでオーディションが盛り上がったわ。どうもありがとう」

「こちらこそ、いい体験をさせてもらいました。ありがとうございます。田村社長」

田村社長とメガネの男子が笑顔《えがお》で握手《あくしゅ》を交《か》わしている。

内田マネージャーは二人に歩み寄り、「社長、その方は？」と遠慮《えんりょ》がちに尋《たず》ねてみた。

オーディションの参加者たちと変わらないような年齢《ねんれい》の男子だ。高校生だろうか。

審査《しんさ》のあいだもずっと、客席で見ていた。

「前田《まえだ》君よ。今回のオーディションを盛り上げるために、協力してくれたの」

内田マネージャーは、「協力？」と首を傾《かし》げる。

前田君というその男子は携帯《けいたい》が鳴ったことに気づいて、「ちょっと、失礼」と断ってから電話を耳に当てる。

「飛鳥、お疲《つか》れ。星空も一緒《いっしょ》か……え？　プリン。ああ……いいけど」

会釈《えしゃく》をすると、前田君は話をしながら会場を出ていく。

どういう関係者なのかはよくわからないが、社長の知り合いなのだろう。

随分《ずいぶん》と落ち着いていて大人びた子だ。

「田村さん」

ＦＴ４のＩＶがやってきて、田村社長に声をかける。

「田村さんをときめかせる相手はいましたか？」

そうきかれて、「ええ、見つけたわ」と田村社長は満足そうに微笑《ほほえ》んだ。

内田マネージャーが、頼《たの》まれていた書類を渡《わた》す。

そこに載《の》っているのは、あの二人の写真とプロフィールだ。

「メビウスの記念すべきアイドル第一号、決定よ」

第三章

第三章

一

二次審査が終わってからというもの、愛蔵は落ち着かなくて毎日ランニングや発声練習をしながら、結果通知が届くのを今か今かと待っていた。

自信がないわけではない。自分なりの手《て》応《ごた》えはあった。

けれど、こればかりは結果を見てみないとわからない。

（あのプリンコンビもいるし……）

あの二人は残るかもしれないなと、ぼんやり考える。

もし、彼らがアイドルを目指しているのなら、どこかで競《きそ》い合うことになるのかもしれない。

（海堂ってやつ、ダンスうまかったし……やっぱレッスンとかやってんのかな）

『運動神経では負けてねーけど』と、心の中で張り合ってみる。

本気で目指すなら、いずれは教室に通い、先生の指導を受けなければならないだろう。

いつまでも独学でやっていけるような世界ではない。

（でも……教室通いたいって言っても、通わせてもらえるとは思えねーし）

帰りの遅《おそ》い母の姿を思い出して憂鬱《ゆううつ》な顔になる。

高校生になればバイトもできる。それからなら、レッスン料も払《はら》えるだろう。

（一年先か……遠いよな）

今回のオーディションに合格できなければ、次にチャンスをつかめるのはいつになるかわからない。

ようやく、目の前に開いた扉だ――。

（一回目は幸運だったとしても、二回目はもう奇跡《きせき》じゃない）

やれることは全部やった。ダメだとしたら、それが今の自分の実力ということだ。

どんな結果だったとしても、受け入れるしかない。

公園をランニングしてから発声練習をしていると、新着メールを知らせる音が鳴る。

愛蔵は急いで携帯《けいたい》を取り出して確かめた。

届いたのは、オーディションの結果通知だ。

深呼吸してからメールを開き、文面に目を通す。

『慎重《しんちょう》な選考を重ねた結果、柴崎愛蔵様は「合格」とさせていただきます！』

合格――。

二次も通った。これで最終選考に進める。

奇跡ではない。これは実力だ。ちゃんと評価してもらえた。

(これで残れたら、デビュー!!)

嬉《うれ》しさをかみしめながら、片手を強く握《にぎ》り締《し》める。

あと一歩。あと一歩で、この世界から抜《ぬ》け出せる――。


最終選考が行われるのは、二次審査《しんさ》の時の会場ではなく、主催《しゅさい》している事務所のビルのようだった。

愛蔵は携帯で地図を確認《かくにん》してからビルに向かう。

メールに書かれていたのは、時間と集合場所だけ。最終選考の内容は書かれていなかった。

（歌とダンスは一応、練習してきたけど……なにやらされんだろうな？）
いったい、何人が最終選考に残っているのだろうか。
（まさか、あいつ……とか？）
思い出したのは、生意気な顔をした『４１０番』の男子のことだ。
できれば、もう二度と会いたくはない。
（あの、プリンコンビかもな……）
『アメちゃんいる～？』
ニヤニヤしながらアメを手に迫《せま》ってくる男子の顔が浮《う》かび、額に手をやる。
（あいつらともできれば、関《かか》わりたくねぇ……！）
とはいえ、他《ほか》に合格していそうな参加者は思いつかなかった。
（まあ、誰《だれ》が相手でも全力でぶっ倒《たお》すだけだけど！）
そのための準備はしてきた。
審査員の心証がよくなるように、鏡の前で毎日苦手な笑顔《えがお》の練習もした。

出がけに見た星座占《うらな》いは絶好調。

『チャンス到来《とうらい》！　運命の出会いが君を待っている！』だった。

(今日の俺はツイてる気がする!!)


ビルに到着《とうちゃく》すると、フッと笑って自動ドアに向かう。

同時に中に入ろうとした相手の顔を見て、思わず「げっ！」と声が出た。

相手も同じように「げっ！」と、声を上げる。

(『410番』のウザ野郎《やろう》！)

二人は自動ドアを通り抜けると、おたがい心底いやそうな顔になっていた。

「また、お前かよ。最終選考の日だってのに幸先《さいさき》悪いぜ！」

「それはこっちの台詞《せりふ》だ。一番見たくない顔を見て、サイアクな気分だ」

相変わらず、嫌《いや》みなやつだ。

(まあ、俺は今日絶好調だし！　こいつになに言われても、絶対挑発《ちょうはつ》には乗んねーけど!!)


「あっ、そろったわね」

エレベーターのほうを見ると、二次審査の時に案内をしていた女性が待っていた。

「最終選考始めますよ」

そう言われて、「「え？」」と二人は女性を見る。

「そろったって……」

他の参加者の姿は見当たらない。

『410番』だった男子も、「二人だけですか？」と戸《と》惑《まど》い気味に尋《たず》ねていた。

「ええ、そうよ」

ということは、どちらか残ったほうがグランプリ。晴れてデビューできるということだ。

二人は睨《にら》むようにおたがいを見る。視線がぶつかると、バチッと火花が散った。

（おもしれえ…………）

今日の運勢は絶好調。チャンス到来。

運命の神様が、両腕《りょううで》を広げて扉《とびら》の外で微笑《ほほえ》んでいるのだ。

（ぜってぇ、勝つ!!）

愛蔵は気合いを入れて、グッと拳《こぶし》を握った。

案内をしてくれた女性は、この事務所のマネージャーということだった。『内田茉優』と、もらった名刺《めいし》には名前が書かれていた。

エレベーターに乗って上の階に移動する。

ドアが開いて広い部屋に出ると、「こんにちは、二人とも」と女性が出《で》迎《むか》えてくれた。

二次審査の時に、審査員席にいた女性だ。

「私が芸能事務所『メビウス』の代表取締役《とりしまりやく》、田村です」

「代表？　あなたが？」

「そうよ。このメビウスは私が作ったばかりの新しい事務所なの」

田村社長は二人を見て微笑んだ。

ということは、この人がオーディションの主催者なのだろう。

「大丈夫《だいじょうぶ》なのか？　この事務所……」

『４１０番』の男子は、見るからに不《ふ》審《しん》そうな顔になって、ボソッと呟《つぶや》いていた。

（同感……全然知らねー事務所のはずだ）

調べてみても、事務所に所属しているアイドルやミュージシャンの名前は出てこなかった。

「失礼ね。田村社長は以前、大手事務所で敏腕《びんわん》プロデューサーとして有名だったのよ。それを……！」

内田マネージャーがムッとしたような顔で言いかける。

それを「まあまあ」と、笑顔でなだめたのは田村社長だ。

（そんなこと言われても、業界の人間じゃないんだから知るわけねーし……）

「所属するタレントを選ぶのは私たちだけど、あなたたちにも選ぶ権利はあります。気に入らないなら、帰ってもらってかまいませんよ」

そう言われて、二人は黙《だま》る。

無名とはいえ、ＦＴ４が協力していたくらいだ。怪《あや》しい事務所ではないのだろう。

（こいつも帰るつもりないみたいだし……）

愛蔵は隣《となり》に立っている男子をチラッと見た。不満の残る顔をしながらも黙っている。

（この社長、油断ならねーな……）

ニコニコしていて人がよさそうに見えるが侮《あなど》れない。

目の前のチャンスを簡単に捨てられない。それをわかっていて言っているのだろう。

ソファーに案内された二人は、渋々腰《しぶしぶごし》を下ろす。その向かいに田村社長が座った。

最終選考は田村社長による面接ということのようだ。

「ではまず、柴崎愛蔵君……」

田村社長が応募《おうぼ》書類を見ながら口を開く。

「家族構成の欄《らん》が空白ね。あなたが芸能界に入ることを、ご家族は応援《おうえん》してくれてるの？」

「……家族にはまだ言ってないです。話すのは、合格してからでいいかなって」

「そう。合格したら、ご両親は賛成してくれそう？」

「さあ？　親は離婚《りこん》したので……」

「それは、あなたがいくつのとき？」

「……それ、答えなきゃいけないんですか？」

聞き返す声に不快感がにじんだ。無意識に膝《ひざ》の上で強く手を握《にぎ》る。

（やんのは俺なのに……なんでこんな質問……）


「いいえ、強制ではないから、いやなら答えなくて結構です。ただし――」

社長は真剣《しんけん》な表情になって、二人を見る。

「私は私の選んだタレントを全力で売り込んでいくわ。よく知らないタレントを全力で売り込むのは難しいの」

そう言われて、愛蔵は少し黙ってから口を開いた。

「……俺が小学六年の時です。今は母と兄と住んでいます」

「別れたお父様と面会は？」

「前はときどき会ってましたけど、今は全然……どこでなにしているか知りません」

「会いたい？」

「べつに……会っても意味ないんで」

　社長がテーブルの上に広げてある書類に目をやった。

「……小学三年生の時、全国児童歌唱コンクールで入賞。歌を習っていたの？」

「いいえ。父がギター、母がピアノをやっていたので。それに合わせて歌っていただけです」

「ご家族みんな、音楽が好きなのね。素敵《すてき》だわ」

　社長がそう言って微笑む。

（なにが素敵だよ……）

　口紅を塗《ぬ》りながら家を出ていく母と、ソファーに寝《ね》そべったまま女子と笑って話をしている兄の姿が頭をよぎる。

「……昔の話です」

愛蔵は感情を抑《おさ》えた声で淡々《たんたん》と答えた。

「今は違《ちが》うの？」

「……両親が離婚してから、まともに歌ってないんで」

「だから、『歌いたい』？」

社長の質問にハッとする。

『アイドルって、なにするのかよくわかんないんですけど……歌いたいから！』

二次審査《しんさ》の時に、そう答えたのは愛蔵だ。

「べつに……そういうわけじゃ……」

言葉に詰《つ》まって視線をそらした。

それ以外に、なりたい理由を思いつかなかったから——。

「どうもありがとう」

これで愛蔵への質問は終わりだった。

ホッとして、握ったままの手をわずかに緩《ゆる》める。

「では、染谷勇次郎君」

田村社長が呼ぶと、「はい」と隣の男子が返事をした。スッと姿勢を正して、田村社長を真っ直《す》ぐに見ている。

「染谷家といえば、歌舞伎《かぶき》の名門ね。お父様は染谷玉五郎《たまごろう》。人間国宝」

「国宝!?」

愛蔵は驚《おどろ》いて思わず声をあげた。

(国宝の親父《おやじ》がいんのか!?　こいつ……)

勇次郎という名の男子の顔を、あっけにとられてマジマジと見る。

「僕は父と血のつながりはありません。実の父と死別した後、母が染谷玉五郎と再婚《さいこん》したので。染谷の姓《せい》になっただけです」

表情を変えないまま、勇次郎は低い声でそう答えていた。

「あなたは歌舞伎役者にならないの？」

「なりません」

静かだが、きっぱりとした口調だ。

社長は書類に視線を戻《もど》す。

「特技、日本舞踊《ぶよう》、三味線《しゃみせん》……歌舞伎のためのお稽古《けいこ》では？」

「歌舞伎役者を目指していたこともありました。でも染谷家を継《つ》ぐのは、弟の光一郎と決まったので」

(それで、舞台《ぶたい》に立ちたい……か)

横で聞いていた愛蔵は、視線をわずかに下げた。

ステージに立った時、ライトを眩《まぶ》しげに見上げていた姿を思い出す。あの時、勇次郎の顔には嬉《うれ》しそうな笑《え》みが浮《う》かんでいた。

審査を終えた後、からかうように言ったことを少しだけ後悔《こうかい》する。

(あいつにも言われたんだからおあいこ、だけど……)

誰《だれ》もがなにかしらの事情と、覚悟《かくご》を持ってあの場に立っていたのだ。

「そう、ありがとう」

田村社長がフッと息を吐《は》いてから、顔を上げる。

「質問は以上です。二人とも、おたがいの話を聞いてどう思った？」

穏《おだ》やかな表情のまま、社長が二人に尋《たず》ねた。

(どうって……)

「……べつに。俺には関係ないし」

愛蔵はあえて素っ気なく答える。

勇次郎も同じだった。「まったく興味ありません」と、こちらを見ずに答えていた。

「そう。でもこれから二人はすごーく深い関係になるので、興味をもってちょうだいね」

ニッコリ笑った社長の顔を見て、「「えっ⁉」」と愛蔵と勇次郎は声をあげた。

(深い関係？　なんだよそれ、意味がわかんねーんだけど⁇)

興味を持つもなにも、今日の審査が終わればもう二度と会うこともない。

会ったところで赤の他人。話しかけることもないだろう。そう思っていたのだが——。


「おめでとう。あなたたち、二人で合格よ！」

田村社長が拍手《はくしゅ》をして、声を弾《はず》ませる。

「二人で？　グランプリは一人じゃ……」

困惑《こんわく》しながらきき返す。

募集広告にも、大きくそう書かれていたはずだ。

「一人の予定だったけれど、二人になりました」

立ち上がった社長が話しながら、二人の後ろにまわる。愛蔵はその姿を目で追った。

「それぞれ、ソロでデビューできるってことですか？」

戸惑《とまど》うように尋ねたのは勇次郎だ。話がのみ込めないのは同じらしい。

「いいえ、あなたたちは二人で一つ。つまりユニットを組んでデビューしてもらいます！」

田村社長は後ろから、二人の肩《かた》に手をのせる。『ね、素敵でしょ⁉』とでも言うように、満面の笑みだ。

「「はぁ⁉」」

「あら、ハモった。息ピッタリ。いいコンビになりそうね」

田村社長は笑ってポンッと二人の肩を叩《たた》く。

「冗談《じょうだん》じゃない‼　こんなやつと組むなんて、絶対ヤダ！」

愛蔵は立ち去る田村社長を見ながら、声を大きくする。

「僕もお断りします。誰がこんな無礼なやつと！」

勇次郎も思いっきりいやそうな表情になっていた。

「んだと⁉　どっちが無礼だ！」

「そんなのお前に決まってるだろ！」

「あぁ⁉」

（こいつとユニットなんてありえねーっ。無理、却下《きゃっか》！！！！！！！！）

初めて会った日からケンカばかりなのだ。うまくやっていけるはずがない。

「てめーなんかとぜってー組まねえ!!」

「僕だって絶対いやだ!!　バーカ!!」

「この野郎《やろう》!!」

ケンカがエスカレートし、二人とも立ち上がっていた。

「これ、決定事項《じこう》だから。ユニットがいやなら、残念ながらデビューの話はナシよ。どーする?」

田村社長は楽しそうに言いながら、螺旋《らせん》になったオフィスの階段を上っていく。

つかみ合いをしていた二人は、拳《こぶし》を握《にぎ》ったまま睨《にら》み合った。

(やっぱ、こんなの絶対、詐欺《さぎ》だ――――っ!!)


内田マネージャーに呼ばれた二人は、ムスッとした顔のまま事務室に向かう。

意地でも相手の顔を見るものかと、別々のほうを向いたままだ。

(合格って言われても、これじゃ全然喜べねー……絶好調だったはずなのに、なんでだ!?)

とはいえ、二人セットでなければデビューさせないと言われては、承諾《しょうだく》するしかない。

（だいたい、なんでだよ……俺らの実力が半分だからとか思ってんじゃねーだろうな、あの社長。最初、ソロデビューだったろ？　なんで急に二人とか……そんなのありなのか？）

勇次郎も不本意そうな顔をしている。

（こいつは……いやだからやめるって言うかと思ったのに……）

勇次郎の口からは、その言葉は最後まで出なかった。

目の前のチャンスを簡単には諦《あきら》められない理由があるのだろう。

愛蔵もそうだ。いつになるかわからない次のチャンスは待てなかった——。


「これが、契約《けいやく》書ね。あと、保護者の同意書」

事務室に入ると、デスクに座った内田マネージャーが二人に書類を渡《わた》す。

今はみんな出《で》払《はら》っているのだろう。他《ほか》のスタッフはいない。

ブラインドが外から入る光を遮《さえぎ》っている。

「親御《おやご》さんの署名をもらってきてちょうだい」

勇次郎が「え？」と、戸惑うような声を漏《も》らして内田マネージャーを見る。

「親の署名……？」

愛蔵も困惑気味に聞き返した。

「二人とも未成年だから、保護者の許可が必要なの。事務所に所属するのも、仕事をするのにもね」

（そうか……そうだよな）

考えてみれば、当たり前のことだ。仕事をするということは、責任を伴《ともな》うということだ。

浮かない表情で書類を見る。

勇次郎も困ったように、親の同書書のサイン欄《らん》を見つめていた。


家に戻《もど》ると、愛蔵はリビングのソファーに座って母の帰りを待っていた。

今日も、どうせ帰りは遅《おそ》いのだろう。

「同意……してくれっかな……」

テーブルの上においた同意書を見つめたまま呟《つぶや》く。

その前に、ちゃんと話を聞いてくれるのだろうか。

携帯《けいたい》の時計を見れば、夜の十時すぎだった。

（そんなに簡単にいかないよな。なんだって……）

どんなにあがいてみたところで、まだ中学生である事実は変わらない。それはわかっていても、もどかしい。

（いつになったら、自分のこと、自分で決められるようになるんだろう……）

顔を曇《くも》らせていると、誰《だれ》かが戻ってきたようだった。

ドアの音が聞こえて、思わず立ち上がる。

「ただいま～」

あくびをもらしながら入ってきたのは兄の健だった。制服のまま遊び歩いていたのだろう。

その顔を見ていると、「ん？　なに？」と兄がきく。

（なんだ……）

愛蔵は息を吐《は》き、目をそらしてソファーにストンと腰《こし》を戻した。

「べつに……母さんは？」

「さぁ？　どうせまた、男んとこ行ってんだろー？」

きかなくてもわかることだ。いつものことなのだから。

そばにやってきた兄が、「ん？」とテーブルの上に目をやる。

同意書に気づくと、「なんだこりゃ」と笑いながら手を伸《の》ばした。

「なんでもねーよっ！」

あせって立ち上がり、兄の手からひったくるようにして同意書を取り返す。

書類をまとめてつかむと、自分の部屋に駆《か》け込んでドアを閉めた。


翌朝になっても、母はまだ帰ってきてはいなかった。

パンとコーヒーだけの朝食をすませて部屋に戻り、制服に着がえる。

バッグに教科書やノートを入れてから、机の上の同意書を手にとった。

（これ、どうすっかな……）

同意書を見つめていると、リビングのほうで音がする。

ドアを開いて覗《のぞ》いてみると、母がようやく帰ってきたところだった。

「母さん……」

「愛蔵～、グッモーニーンッ！」

ふらつきながらリビングに入ってきた母が、上機嫌《じょうきげん》に手を振《ふ》る。そのままよろめくように、カウンターの椅子《いす》に座った。

（なんだ……酔《よ》っぱらってんのか。しかたねーなー……）

愛蔵は小さくため息を吐《つ》いて部屋を出る。

こんな状態でまともに話を聞いてくれるかどうかはわからないが、今日までに同意書を出さなければならない。話をするのは今しかないだろう。

「あの……さ、これにサインしてほしいんだけど」

カウンターに突《つ》っ伏《ぷ》している母に歩み寄り、同意書を見せる。

「……ん？　なぁに～？」

ムクッと起き上がった母が、書類を受け取りながらきいた。

「俺、オーディションに受かって……やってみようかなって……」

愛蔵は視線をそらしながら話をする。

（反対されるかな……）

ふと見れば、母はパタッとカウンターに突っ伏して寝《ね》息《いき》を立てている。

「ええっ、母さん!?」

話の途中《とちゅう》だというのに寝られては困る。

「起きてよ、母さん」

肩《かた》を揺《ゆ》すって起こすと、母が「プハーッ！」と息を吐いた。

「うっ、酒くさい！」

思わず、顔をそむける。

「サイン〜？　いいわよ、いくらでも書いてあげちゃう！」

ガバッと起き上がった母は、ヘラ〜と笑ってペンをとった。

大丈夫《だいじょうぶ》だろうかと見守る愛蔵の前でサインをすると、「はい、できた」と言ってまた寝てしまった。

これでも、一応は許可をもらったということになるのだろうか。

話はもう一度するとしても、これを提出するしかないだろう。

愛蔵は書類をとり、母のサインを見る。

『愛蔵、コンクール優勝！』

写真に書かれていた文字と同じ、勢いよく書いたような字——。

ほんの少し、寂《さび》しさのにじんだ笑《え》みがこぼれた。

（喜んでくれるわけねーか……）

オーディションに合格したところで、アイドルになったところで、この人はもう子どもには興味がない。

いつかのように、笑顔で褒《ほ》めてくれることもないのだろう。

それを期待していたわけでもない。

愛蔵はバッグに書類をしまうと、すっかり寝てしまっている母を残してリビングを出ていく。

（行ってきます、母さん……）

二

リビングのソファーに座った勇次郎は、書類を差し出す。

それに目に通す母は、困惑《こんわく》したように頰《ほお》に手を当てていた。

「なにかやってるとは思ってたけど……まさか、アイドルなんて……」

「うまくいくかわからないけど、でもチャレンジしてみたいんだ」

「勇次郎がやりたいなら、応援《おうえん》したいけど……」

母が気にしているのは父のことだろう。母は父に相談してからでないと、家のことを決められない。

（でも、これは僕のことだ……）

「あんたがアイドル？　それ、本気で言ってるの？」

ドアが開き、弟が皮肉るように言いながら入ってくる。

その姿を見て、勇次郎の顔がわずかに強《こわ》ばった。

「光一郎さん……」

そばにやってきた弟が、母の手から同意書を取り上げて目を通す。

「メビウス？　聞いたことのない事務所だな」

「返してくれ！」

勇次郎は勢いよく立ち上がって手を伸ばした。

「アイドルなんて、あんたにできると思ってんの？　歌舞伎《かぶき》がダメなら、次はアイドル？　変わり身が早いね」

弟はバカにしたように言いながら、勇次郎の手をひらりとかわしてドアのほうに駆けていく。

入ってきた父の姿を見て、「あっ」と思わず声がもれた。

「お父さん、どう思います？」

愉快《ゆかい》だとばかりにききながら、弟は同意書を父に見せていた。

「あ、あの……」

説明しなければと思うのに、うまく言葉が出ない。

父がスッと勇次郎に視線を移す。

「これが、お前の道なのか？　歌舞伎の名家、染谷の名を持ちながら、べつの道を進む覚悟《かくご》があるのか？」

「それは……」

勇次郎は父の強い眼差《まなざ》しから逃《に》げるように顔をそむけた。

歌舞伎がダメなら、次はアイドル――。

そう言われてもしかたないのかもしれない。

それでも、舞台《ぶたい》に立ちたい。どんな方法でもいい。自分が認められる場所がほしい。

これはようやく、自分の手でつかんだチャンスだ。手放したくはない。

ここで、諦《あきら》めてしまえば、またずっと日陰《ひかげ》の中で生きることになる。

勇次郎は拳《こぶし》を握《にぎ》ったまま、ギュッと目をつぶった。

「覚悟のない者はなにをやっても大成しない。染谷の名に泥《どろ》を塗《ぬ》るようなことは許しません」

父は冷淡《れいたん》に告げると、同意書を勇次郎に突き返す。

「多恵、明日の着物を出してくれ」

「は、はい」

母は気づかうような視線を勇次郎に向けてから、父の後について部屋を出ていった。
リビングに残った勇次郎は、同意書の端《はし》をクシャッと握る。
べつの道を進む覚悟。
それは、とっくにできていると思っていたのに。
答えられなかった。

『……勇次郎、好きにしていいのよ……この家に縛《しば》られることないわ』

楽屋で交《か》わした母の言葉を思い出し、その場に立ち尽《つ》くしたままうなだれる。
どれだけ抗《あらが》っても、この家のしがらみはついてまわる――。

学校が終わってから事務所に行くと、勇次郎と愛蔵は内田マネージャーに呼ばれて事務室に入る。

「お願いします」

愛蔵が渡《わた》した同意書を、内田マネージャーはその場で確認《かくにん》していた。

「はい、たしかに……勇次郎君は？」

「すみません……忘れちゃって」

そう答えると、「はぁ、忘れた？」と愛蔵が声を大きくする。

「お前、やる気あんのか⁉」

「うるさいな……」

勇次郎は不快感を込めるように眉根《まゆね》を寄せて横を見た。

「お前にとやかく言われる筋合いはない。ユニットだからって、なれなれしくするな」

「お前って、ホント、いちいち憎《にく》たらしいな！」

それはこっちの台詞《せりふ》だと言い返そうとした時、「はい、そこまで！」と内田マネージャーが止める。

「勇次郎君、同意書はまた今度ね。さっそく今日からレッスン開始よ！」

二人は気合いを入れるように、「「はい」」と返事をした。

三

応接室に戻りソファーに座って待っていた愛蔵は、一人分離《はな》れて座っている勇次郎をチラッと見る。

さっきから、一言も会話なしだ。

（今日って、俺たち以外にも誰《だれ》か来るんだよな……）

内田マネージャーの話では、合同のダンスレッスンだという。

（まあ、べつに誰でもいいけど……）

ソファーの肘掛《ひじか》けによりかかり、頬杖《ほおづえ》をつく。


「おっはようございまーす！」

元気に挨拶《あいさつ》をしながらエレベーターをおりてきたのは、男子二人だ。

そのうちの一人が、愛蔵と勇次郎を見てパッと笑顔《えがお》になる。

「おおっ、君ら、あんときの！　久しぶりやな～」

愛蔵は「……誰？」と、首を捻《ひね》った。

「えっ、覚えてへんの～⁉」

ショックを受けたように、男子がガクッと肩《かた》を落とす。

「オーディションで会っただろ」

勇次郎が『それくらい覚えてろ、バカ』というように、横目で睨《にら》んでくる。

（オーディション……？）


『アメちゃん、いる～～？』

控《ひか》え室で、袋《ふくろ》から取り出したアメを次々に参加者に配っていた男子がいたことを思い出して、「ああ」と声をもらした。

（あの、プリンコンビか……）


「予選落ちした」

「予選落ちちゃう！　ちょっと参加してみたかっただけやから」

「俺たちには前田君っていうマネージャーがいて、彼にオーディションちゅうもんを体験してこいって言われてな」

二人の説明を聞いても、今ひとつ事情がよくわからない。

「はぁ？　まあ、いいや……俺には関係ねーし」

「どうして君たちがここに？」

　勇次郎が二人を見て不思議そうな顔をする。

（そういや、そうだよな……事務所に所属してんのか？　マネージャーがいるってことは）


「俺たちが呼んだんだよ〜ん」

　そう言いながら階段を下りてきたのは、愛蔵と勇次郎も知っている相手だった。

「えっ、Ｆｕｌｌ　Ｔｈｒｏｔｔｌｅ４の……！」

「ＭＥＧＵだよん。今日から君たちのダンスを指導することになったから」

　小柄《こがら》な男子がニコッと笑う。

　彼がダンス担当のＭＥＧＵで、帽子《ぼうし》をかぶっているほうがＤＡＩだということは愛蔵もよく知っている。

「どうして、あなたたちが？」

　勇次郎も驚《おどろ》いたようにきく。

　ＦＴ４は大人気のダンスボーカルユニットだ。そう簡単に、指導してもらえるような人たちではない。

「メンドーだけど、田村社長に直々に頼《たの》まれちゃったからねー」

ＭＥＧＵが軽く肩をすくめてそう答えた。

今回の合同ダンスレッスンを企《き》画《かく》したのは、社長だと聞いている。

彼らはオーディションの審査《しんさ》員にもなっていたから、社長と繋《つな》がりがあるのだろう。

（あの社長……何者？）

とにかく、ただ者ではないのはたしかなようだ。

「俺たちが新人のレッスンをやるなんて、フツーないから。ありがたく思え」

ソファーの裏にまわったＤＡＩが、二人を見て言った。

（よくわかんねーけど……たしかに、こんなチャンス滅多《めった》にないよな）

✦

レッスン室に移動すると、ＭＥＧＵとＤＡＩが四人の前で最初に踊《おど》って見せる。

かかっている曲は、ＦＴ４の曲だ。

アップテンポなその曲に合わせて、二人は軽快にステップを踏《ふ》む。

（やっぱ……すげーかっこいい……息ピッタリだし）

つい、二人の動きに見入ってしまう。

勇次郎も真剣《しんけん》な表情になって、目で追っていた。

曲が終わりポーズが決まったところで、「んじゃ、今のやってみて」とＭＥＧＵがあっさりした口調で言った。

（えっ……やってみるって……まだ一回しか見てないんだけど⁇）

「愛蔵、勇次郎」

ＤＡＩに指名され、思わず視線を交《か》わす。

とりあえず、やってみるしかないだろう。

愛蔵は前に出て目を閉じると、二人の動きを思い出しながら深呼吸した。

再生された曲を聴《き》きながら、タイミングをはかる。


最初の一歩目から、見事に——そろわなかった。

なんとか合わせようと必死になってやっているが、足並みは乱れるばかりだ。

（なんだこれ……どうなってんだ……）

ターンも合わなくて、次のステップに入るタイミングがズレた。

リズムにも乗れず、だんだんイラ立ちが募《つの》る。

（こいつ、俺の動き見てんのか!?）

横を見れば、勇次郎は全然こっちを見ていない。

（やっぱ見てねー！！！）

動きを合わせるどころではない。

ステップを踏めば足を踏みそうになるし、ターンをすればおたがいドカッとぶつかって弾《はじ》き飛ばされる。

尻餅《しりもち》をついたところで、もう我慢《がまん》の限界だった。

「おいっ、合ってねえよ！」

「間違《まちが》ってるのはそっちだろ!!」

ＭＥＧＵが「あっははは～～！」と、お腹《なか》を抱《かか》えて大笑いしている。

後ろで見ていた飛鳥も星空も、笑いを堪《こら》えているようだった。

「バッラバラだな～」

「どっちも合わせる気がまったくないな。本気でユニットやる気あんのか？」

ＤＡＩは『先が思いやられる』とばかりに、額を押さえていた。

愛蔵と勇次郎はムッとした顔になって、ＭＥＧＵとＤＡＩを見上げる。

「いきなり合わせるのは無理でしょ」

ダンスは得意で、それなりにできるという自信もある。ただし、一人でやった場合はだ。

今まで、練習もずっと一人でやってきた。誰《だれ》かと合わせたことはほとんどない。

（俺一人だったらできてたのに……こいつが勝手にやるからわかんなくなるんだよ！）

「不可能です」

勇次郎もお手上げだとばかりにそう答えていた。


「そう思っている時点で、負け決定〜」

ＭＥＧＵが楽しそうに言って、こちらを指さす。二人とも、『うっ……』という顔になった。

「飛鳥、星空、やってみろ」

ＤＡＩに指名された二人が、「「はい」」と前に出る。

飛鳥と星空は横並びになると、曲に合わせタイミングをはかって足を踏み出す。

打ち合わせも練習もしていなかった。ＭＥＧＵとＤＡＩの動きを見ていたのは、愛蔵と勇次郎と同じ最初の一回だけ。条件は同じはず。

それなのに、綺麗《きれい》に動きがそろっている。

ステップだけではなく、腕《うで》や顔の動きまでピッタリ合っていた。

愛蔵は目を見張る。一度見ただけのダンスを、誰《だれ》かとすぐ合わせるなんてできるはずがない。そう思い込んでいただけに、衝撃《しょうげき》が大きかった。

オーディションの審査の時に見ていたから、飛鳥のダンスレベルが高いことも、星空の歌唱力がずば抜《ぬ》けていることも知っていた。

飛鳥の物腰《ものごし》の柔《やわ》らかい態度や星空の人なつっこさのせいで、ついそのことを忘れそうになっていた。

（そうだ……この二人だって、アイドル目指してるやつらなんだ）

飛鳥と星空はすっかり楽しそうな表情になっている。

最後まで踊りきると、「「イェイッ！」」とハイタッチをしていた。

「どう？　感想は？」

ＭＥＧＵが愛蔵と勇次郎を見てきく。

二人とも、一言も言い返せなかった――。

レッスン後、休憩《きゅうけい》スペースのカウンターに座った愛蔵は無言で水のペットボトルを握《にぎ》りしめていた。

勇次郎はブラインドの下りた窓際《まどぎわ》に腰《こし》かけて、頬杖《ほおづえ》をつきながら黙《だま》っている。

散々だったレッスンのことを考えているのは、おたがいに同じだろう。

飛鳥と星空にあんなふうに息の合ったダンスを見せられては面白《おもしろ》くないに決まっている。

「……おい、なんつったっけ？」

愛蔵が背を向けたまま尋《たず》ねると、「なにが？」と不機嫌《ふきげん》な声が返ってきた。

「あいつらの名前」

「海堂飛鳥と苺谷星空」

「飛鳥と星空か……なんか、ムカつく！」

（いきなりやってきて、見せつけやがって……ほんと、なんなんだ⁉）

オーディションの時もそうだった。余《よ》裕綽々《ゆうしゃくしゃく》で笑っていた。

（だいたい、あっちは仲良しかもしれないけど、俺らはそーじゃねーんだよ！）

連係という点においては、あちらに分があったかもしれないが、個々の技量であればそう大差はないはずだ。少なくとも、負けたとは思っていない。

（そういえば、こいつも完璧《かんぺき》に覚えてたよな……）

人に合わせる気はまったくなかったが、振《ふ》りは一度も間違えていなかった。

（あいつらにしろ、こいつにしろ……なんでそんなに覚えが早いんだ？　俺だって、二、三回やれば覚えられるけど……）

顔をしかめてペットボトルを口に運び、温《ぬる》くなった水をゴクッと喉《のど》に流し込む。

休憩スペースの前を通りかかった田村社長が、立ち止まって声をかけてきた。

「愛蔵、勇次郎、調子はどう？」

「はっきり言って、最悪です」

ふてくされたように、勇次郎がそう答える。

合同ダンスレッスンを企画《きかく》したのは田村社長だ。あの二人を呼んだのも、思惑《おもわく》があってのことなのだろう。

「そうねえ、今のあなたたちを見て、ときめく女の子はいないでしょうね」

（そんなこと言われても……）

こちらが望んでユニットを組んだわけではない。

それがデビューの条件と言われては、承諾《しょうだく》する以外に選択肢《せんたくし》がなかっただけだ。

知り合ったばかりの相手で、しかもこんなに気が合わないのに、最初からうまくやっていけるはずもない。相手のことをほとんど知らないのに。

（べつに知りたくもねーけど……）

　黙っていると、社長がため息を吐《つ》く。

「毎年、何人ものアイドルがデビューするけど、そのほとんどが消えていく。生き残るのはほんの一握《ひとにぎ》りだけ」

　その言葉に、愛蔵と勇次郎が真剣《しんけん》な表情になって振り向いた。

「生き残るか消えるか……あなたたち次第《しだい》よ」

　社長はニコッと笑って、立ち去る。

（そうだよな……オーディションだって、あれだけの参加者がいたんだ）

　アイドルを目指している人は大勢いる。

　運良く合格できても、さらに他《ほか》のライバルたちと競《きそ》っていかなければならない。

　最初のハードルさえ越《こ》えられないようでは、この先やってはいけないだろう。

　できない。そう思っている時点で、負け決定——。

　ペットボトルを握る手に力を少し込める。

　合わないからと諦《あきら》めてしまえば、デビューすらさせてもらえないだろう。

　それは勇次郎も、絶対にいやだと思っているはずだ。

（無理矢理《むりやり》にでも合わせていくしかない……俺たちはユニットなんだ）


翌日、レッスンの合間の休憩時間になると内田マネージャーは屋上に出ていた二人に、「差し入れよ、愛蔵君、勇次郎君」とおにぎりや飲み物を渡《わた》した。

そろそろ夕暮れ時だ。オレンジ色の光が差している。

「その手、どけろよ」

「そっちこそ、どけろよ!!」

ツナマヨのおにぎりをつかんだままいがみ合っている二人を見て、内田マネージャーは「ハア～」と、気の重いため息を吐いた。

「もーまたケンカしてる……あの二人本当にユニットとしてやっていけるんでしょうか？」

「あら、不安？」

同じように屋上に出ていた田村社長が、携帯《けいたい》でメールをチェックしながらきく。

「正直、私は飛鳥君や星空君のほうが……」

あの二人がケンカをしているところは、一度も見たことがない。

飛鳥と星空の歌やダンスの技術力の高さは、オーディションの時にも見たから知っている。

歌やダンスでは、勇次郎と愛蔵もひけは取らないだろう。それはわかっているが、あんなに気が合わなくてケンカばかりしている姿を見ていると不安になってしまう。

なにせ、オーディションの時からあの調子なのだ。

どうして、社長はあの二人にユニットを組ませることにしたのか——。

「そーね、飛鳥君、星空君は才能を感じられるし、仲良しだから安心感があるわよね。でも……ああやってぶつかり合ってる子たちがどんなユニットになるのか、見物《みもの》じゃない？」

そう言いながら、田村社長は楽しそうな表情を浮《う》かべていた。

✦

休憩が終わると、次はボイストレーニングのレッスンだった。

指導してくれたのはＦＴ４のＤＪを担当しているＩＶだ。

渡された楽譜《がくふ》を見ながら、二人は発声する。

ＩＶが手を叩《たた》いて、「ストーップ！」と止めた。

「愛蔵、ピッチ高いぞ」

指摘《してき》されて、「え？　どこ？」とあわてて楽譜を見る。

「四小節目の頭。半音高い」

「楽譜で言われてもよくわかんねー」

頭を抱《かか》えていると、勇次郎がジロッと横目で睨《にら》んできた。

「楽譜くらい読めるようになれよ、バカ。勉強不足だ」

愛蔵は「うっ……」と、目線をそらす。

「うるさいな。俺は耳で覚えるタイプなんだよ！」

顔を赤くして言い訳をすると、『なにそれ』というように鼻で笑われた。

勇次郎は初見でもサラッと歌っていたのだから、言い返しようがない。

（これもデビューのためだ……我慢《がまん》しろ……我慢だ……っ!!）

愛蔵は小刻みに震《ふる》えながら、クシャッと楽譜の端《はし》を握《にぎ》る。

（でもやっぱ、気にくわね――っ!!）


レッスンの後、高台の公園で練習していると、いつの間にか日が落ちて街灯が灯《とも》っていた。

MEGUとDAIのダンスをイメージしながら、同じ動きを体に覚え込ませる。

最後のポーズまで決まると、「よっしっ！」と思わず会心の笑《え》みがこぼれた。

間違《まちが》えずステップも踏《ふ》めた。リズムにもちゃんとのれた。ほぼ完璧にマスターできたはずだ。

「っつ――か、あいつと合わせないと意味ねーし!!」

そのことを思い出し、「クソッ」と吐き捨てる。

「だから、ユニットなんていやなんだ」

一人でできてもなんの意味もない。問題は踊《おど》れないことではない。

二人で合わせられないことだ。

（さっさと帰るし……少しは練習付き合えよな！）

協調するつもりがあるのだろうか。

携帯を取り出し、アドレスを開こうとしたところで手が止まる。

「あいつの連絡《れんらく》先、知んねーし！」

これから仕事をしていくうえで、連絡先も知らないのでは困るに決まっている。

（……だいたい、どうやって聞き出すんだよ。俺からは絶対きかねーからな！　あいつからも絶対きいてこないだろうけど……ったく、面倒《めんどう》くせーなっ！）

電話で呼び出したところで、素直《すなお》に来るとは思えない。

しかたないと、かわりに内田マネージャーに電話をかける。

「マネージャー？　あいつんちって、どこ⁉」

そうきくと、『なにかあったの？』とき返される。

「……あ、いや……忘れ物届けてやろうと思って」

愛蔵はごまかすように、そう答えた。

✦

教えてもらった住所を頼《たよ》りにその場所に向かうと、大きな門構えの邸宅《ていたく》の前であ然とする。

「あいつ……こんなバカでかい家、住んでんのか⁇」

門柱に『染谷』と表札がかかっているから、ここで間違いないのだろう。

（これが……人間国宝の家！）

愛蔵はキョロキョロとまわりを見まわす。

（いきなり入っていったら、やっぱ……捕《つか》まる……よな？）

門に近づいてみたのはいいけれど、チャイムを鳴らす勇気がなかなか出ない。

家の人に、『あなた、どなた？』ときかれても答えようがないだろう。『一緒《いっしょ》にアイドルやることになった、愛蔵って言います！』と、答えるのもおかしい気がする。

（やっぱ、連絡先もきいておけばよかった……！）

愛蔵は自分の目もとを手で押さえた。

マネージャーに教えてもらったのは、家の住所だけだ。


いつの間にか雨が降り出している。暗い空を見上げ、今日は諦《あきら》めるかと帰りかけた時だ。

不意に門が開いたので、あわてて門の陰《かげ》に身を隠《かく》した。

ゆっくりとした速度で出てきたのは一台の車だ。

ヘッドライトの明かりが広がり、雨の粒《つぶ》が浮かび上がる。

（家の人……か？）


「待ってください!!」

様子を見ていた愛蔵は、聞こえた声にハッとする。

門の陰から覗《のぞ》いてみると、車を追いかけるようにして駆《か》け出てくるのは勇次郎だった。

「お父さん、話を聞いてください！」

雨脚が強まる中、切羽詰《せっぱつ》まった様子で言いながら、車の前にまわり込んでいた。

徐行《じょこう》していた車が止まり、窓が半分ほど開く。

「何度話しても同じです。これ以上、お前と話すことはない」

後部座席に乗っていた和服姿の男性が突《つ》き放すように言う。あれが勇次郎の父親だろう。

濡《ぬ》れるのもかまわず、勇次郎がその場に両ひざをついた。

「お願いします。同意書にサインを！」

地面につくほど深く頭を下げ、必死になって頼《たの》み込んでいる。

その姿に、愛蔵は息をのんだ。

（あいつ……）

『すみません……忘れちゃって』

そう答えていた勇次郎の顔を思い出し、視線を下げて濡れる自分のスニーカーを見つめた。

（まだ、親に……）

「何度頭を下げても、返事は同じだ」

勇次郎の父親は話を打ち切るように言って、「出してくれ」と運転席の男性に命じる。

「お父さん！」

起き上がった勇次郎が、同意書を見せながら声を上げた。

窓が閉まると、車はゆっくりと走り去る。

その場に座り込んだ勇次郎は、雨に打たれながらうつむいて同意書を見つめていた。

オーディションの二次審査《しんさ》の時、ステージに立った勇次郎は輝《かがや》くスポットライトの中で、嬉《うれ》しそうに歌っていた。

家の事情も、社長との面接の時に少しだけ聞いた。

後継者《こうけいしゃ》に選ばれたのは弟のほうだったという話も。

舞台《ぶたい》に立ちたいというのは、勇次郎にとって断《た》ち切られてしまった望みだったのだろう。

オーディションを受けたのは、その望みを自らの手で叶《かな》えるため。


（そうか……必死なんだ……あいつも…………）

愛蔵は密《ひそ》かに拳《こぶし》を強く握る。

『俺』と同じように――。

四

勇次郎が学校が終わってから事務所に行くと、愛蔵のほうが先に来ていた。

レッスンの服に着がえて、事務室に向かう。

今日の予定を確認《かくにん》した後、マネージャーに呼び止められて同意書のことをきかれた。

提出期限はもうとっくにすぎている。

「すみません。同意書、次は必ず持ってきますから……」

そう言って、勇次郎は頭を下げた。

未成年である以上、親の同意書なしにはデビューさせてもらえないだろう。

そうなれば、話自体がなくなる可能性も――。

うつむいたままでいた勇次郎は、視線に気づいて顔をあげる。

愛蔵がなにか言いたそうな目をしてジッとこちらを見ていた。

マネージャーとのやりとりは聞いていたはずだ。

今日もまたなにか言ってくるだろうかと思ったが、愛蔵は気まずそうに目をそらしただけだった。

レッスン室に移動すると、すぐにレッスン開始になる。

この日も指導してくれたのは、ＦＴ４のＭＥＧＵとＤＡＩだ。

飛鳥と星空がレッスンに参加したのは初日だけで、その後は愛蔵と勇次郎しか受けていない。

いつものように、曲に合わせてＭＥＧＵとＤＡＩが考えた振《ふ》りを覚える。

「１、２、３、４……振り向いてターン！」

リズムカウントしながら、ＭＥＧＵが声を上げる。

ほとんど同時に入ったのに、遅《おく》れたのは勇次郎のほうだ。

「愛蔵、オッケー。勇次郎、遅れてる」

ＭＥＧＵに言われて、顔をわずかに上げた。「ハァ、ハァ」と息があがり、膝《ひざ》に手をつく。

「……すみません……」

（キツッ……）

長時間続けてのレッスンになると、体がまだついていかない。

愛蔵は汗《あせ》はかいているものの、まだ余裕《よゆう》のありそうな表情だった。

「いったん休憩《きゅうけい》」

ＤＡＩはそう告げると、ＭＥＧＵと一緒にレッスン室を出ていく。

勇次郎は息を整えながら、ペタンとその場に座り込んだ。

汗が額から流れ落ちてくる。それを袖《そで》で拭《ぬぐ》おうとした時、横からペットボトルが差し出された。それを受け取りながら、いぶかしむように愛蔵を見上げる。

「……どういう風の吹《ふ》きまわしだ？」

「べつに……」

横を向いたまま、愛蔵がボソッとした声で答える。

勇次郎はゴクゴクと水を喉《のど》に流し込んで一息吐《つ》き、口もとを手で拭った。


休憩が終わって、ＭＥＧＵとＤＡＩが戻《もど》ってくるとレッスン再開となった。

しばらく続けた後、「ほーい、今日はここまで」とＭＥＧＵが止める。

「もう少し、やらせてください！」

勇次郎は息を弾《はず》ませながら頭を下げて頼む。汗の滴《しずく》が床《ゆか》に落ちた。

「ダーメ。中学生は夜七時までって決まってんの」

時計を見れば、七時五分前だ。いつの間にこんなに時間がすぎていたのか。

てっきりまだ、夕方すぎくらいだと思っていたのに。集中してやっていたせいで、時間感覚がわからなくなっていたらしい。

「さっさと、家へ帰れ」

ＤＡＩがそう言って、二人をレッスン室から追い出す。

まだ続けていたいが、ＭＥＧＵとＤＡＩは仕事や勉強がある。忙《いそが》しいスケジュールの合間に指導してくれているのだ。無理は言えないだろう。


帰り支度《じたく》をしてビルを出ると、夜風が肌《はだ》に当たり熱を冷ます。

中学生だからとまわりが気をつかってくれていることはわかっている。

制約が多いのも、今はまだしかたのないことだ。

いつになったら、自由になれるのか——。

顔が曇《くも》り、憂鬱《ゆううつ》さを含《ふく》んだため息がかすかに漏《も》れた。

家に帰ってから、もう一度父と話をするしかないだろう。

「……じゃ」

勇次郎が歩きだそうとすると、「おいっ！」と呼び止められる。

「ついてこい」

「……は？　どこへ？」

「いいから、こい！」

愛蔵は強引《ごういん》な口調で言うと、勇次郎を促《うなが》して歩きだした。


向かったのは、高台にある広い公園だ。

街灯が藤棚《ふじだな》やベンチを照らしている。二人以外に人の姿はなかった。

「ここなら、滅多《めった》に人はこないし、明るいから思う存分自主練できる」

勇次郎は高台の下に広がる街の明かりを見つめる。

吹き抜《ぬ》ける風の心地よさを感じながら、「いいところだな……」と呟《つぶや》いた。

静かで、街の喧噪《けんそう》もここまでは届かない。

「誰《だれ》にも言うなよ。俺のお気に入りの場所だかんな」

「……なんで僕を連れてきたんだ？」

勇次郎は愛蔵の顔を見て尋《たず》ねた。

お気に入りの場所なら、自分だけの秘密にしておけばいいのに。

「んなの、生き残るために決まってんだろ！　このまま消えてたまるか……！」

「僕も消えるつもりはない」

真剣《しんけん》な顔になった勇次郎は、高台から見える街の景色を見つめる。

合わせられなければ、そこで終わりだ。

ユニットを組む以外、デビューの道はない。

絶対にこのチャンスを手放したくない。

それだけが、自分たちにとって唯一《ゆいいつ》共通の願いであり、結束する理由なのだろう。

目指す場所は同じだ——。

ＭＥＧＵとＤＡＩに指摘《してき》されたことを思い出しながら、振りを最初から通す。

おたがいの動きを動画で撮影《さつえい》して確認すると、再度やり直す。

合わなかったステップも、そろわなかったターンも、繰《く》り返すうちに少しずつマシになってきたように思えた。

あと少しやれば——。

そう思ったところで、ふらついて体が傾《かたむ》く。

倒《たお》れなかったのは、愛蔵が反射的に腕《うで》をつかんで引っ張ったからだ。

芝生《しばふ》に移動すると、勇次郎はゴロッと転がって仰向《あおむ》けになる。

息が上がってしまっていて、しばらくは動けそうになかった。

「お前、ホント体力ねーな」

「……うるさい。僕は普通《ふつう》だ……体力ありすぎるそっちがおかしいんだ！」

「ヘイヘイ、黙《だま》って休んでろ」

パサッと、顔にタオルがかけられる。それを手で押さえた。

愛蔵はレッスンが終わった後も一人、この場所で自主練習をしていたのだろうか——。

レッスンについていけるのも、簡単にへばったりしないのも、日々の努力の積み重ねなのだろう。持って生まれたものだけではない。


「なぁ、歌舞伎《かぶき》の稽古《けいこ》って……いつからやってたんだ？」

隣《となり》に座った愛蔵が唐突《とうとつ》にきいてくる。

「……なんで？」

「ああいうのって、子どもの時からやるんだろ？」

「……ああ。小学校に入る前から毎日。同級生と遊ぶことも、テレビやゲームで遊ぶこともなく、毎日……毎日……」

　学校から帰ればすぐに稽古場に行き、父の指導を受けるのが当たり前だった。歌舞伎の基本的な所作、台詞《せりふ》回し、舞踊《ぶよう》など、覚えなければいけないことはいくらでもあった。

　父は子どもでも容赦《ようしゃ》のない人だったから、できるようになるまで何度でもやらされた。

　それでも、努力すればいつかは父と同じ舞台《ぶたい》に立てると信じていたから――。

『……お前には華《はな》がないんだ』

「無駄《むだ》な時間だった……」

　誰かに話すつもりなどなかったのに、気づくとそう呟いていた。

　一度も舞台には立たせてもらえなかった。

我慢《がまん》してきたことも、努力してきたことも、全部、なんにもならなかった。

味わったのは言葉に言い表せない挫折感《ざせつかん》だけ――。

「いや、無駄じゃねーだろ」

ごく自然な、あっさりとした口調で言われて、勇次郎はわずかに目を見張る。

「お前って、体力ねーけど。姿勢とか体幹とかいいし。声も張りがあってすげー響《ひび》くし。そういうのって、歌舞伎の稽古やってたからじゃねーの？」

前を向いたまま、愛蔵はそう続ける。

「……わかったようなことを言うなっ！」

不覚にも瞳《ひとみ》が潤《うる》みそうになり、強がるように言った声がわずかに震《ふる》える。


（なんで……なんでこいつなんだ……っ）

今までどれだけ努力しても、我慢しても、一度も認められることはなかった。

無駄だったと、打ちひしがれていることしかできなかった。

それなのに、一番欲しかったその言葉を言ってくれたのが、よりにもよって一番気に食わないと思っていた相手だなんて。

毎日、ケンカばかりで、そっぽを向いていることも多かったのに。


それでも、ちゃんと見てくれていた——。

胸の奥から熱がこみ上げてきて、タオルで顔を隠《かく》したまま強く唇《くちびる》を噛《か》む。

そうしていないと、堪《こら》えているものがあふれそうだった。

「ん？　どうした？」

返事をしないでいると、愛蔵が両手を地面について、覆《おお》い被《かぶ》さるように上から顔をのぞき込んでくる。からかうような笑《え》みがその口もとにこぼれていた。

「あれ、もしかして泣いてんのか？　俺の話に感動した？」

勇次郎は「するか、バカ！」と、顔を隠して言い返す。

「ホントか～？　こっち向けよ。おい、ほら」

しつこく顔を見ようとする愛蔵にイラッとして、勢いよく起き上がる。

思いっきり頭突《ずつ》きしてやると、「あがっ！」と愛蔵が顎《あご》を押さえながら転がった。

「～～～～っ!!」

舌でも噛んだのだろう。もだえながら涙目《なみだめ》になっているが、それも自業自得《じごうじとく》だ。

「しつこい、うざい！」

勇次郎はいつもの口調に戻《もど》って言い、勢いよく立ち上がった。

「さっさとレッスンするぞ！」

「ホンット、かわいくねー」

顎を押さえたまま、軽く睨《にら》んでくる。


今度は家のためでも、他《ほか》の誰《だれ》かのためでもなく、自分たちのこれからのために、積み重ねていけばいい。

やってきたことには、きっと意味はあったはず——。


自主練習を終えたのは、二時間後のことだ。

「じゃーな。柔軟《じゅうなん》やっとけよ」

ポケットに両手を突《つ》っ込んだまま、愛蔵が言う。

「わかってる。そっちも歌詞復習しろよ」

「いちいち、うっせ！」

言い合いをしながら、別れて歩きだした。

「いてて……全身バキバキだ……」

高台を下りて街を歩きながら、勇次郎は腕を押さえる。

その時になって、首にタオルをかけたままだったことに気づいて立ち止まった。

「あ、あいつのタオル……」

借りたまま、返すのを忘れていた。

今ならまだ、追いつけるだろう。勇次郎は「ったく！」と、道を引き返す。


姿をさがして明るい表通りに出ると、愛蔵の姿を見つけた。

呼び止めようとしたところで、「愛蔵～！」と上機嫌《じょうきげん》に呼ぶ声が聞こえる。

ガバッと抱《だ》きついたのは、派手な服装の女性だ。

勇次郎は咄嗟《とっさ》に、物陰《ものかげ》に隠れる。


「母さん、よせよ！」

困ったような顔をして、愛蔵はしがみついてくる女性を引き離《はな》そうとしていた。

「子どもがこんな時間になにしてんの～？」

「なにって……レッスンだよ」

愛蔵はふらついている母親に肩《かた》を貸しながら、一緒《いっしょ》に歩きだした。

「レッスン？　なんの〜？」

「また、飲んでんのか？　飲みすぎだ。ああ、おい、こんなとこ座んなって」

その場にへたり込もうとする母親の腕《うで》を、困ったように引っ張る。

「やーだ、放して!!　放せーっ!!」

「痛《い》てっ、痛てーよ、やめろって！」

抵抗《ていこう》するように愛蔵の腕を叩《たた》いた母親は、急にしがみついて大声で泣き出した。

「帰ろう。ほら、しっかり立って」

愛蔵はなだめるように言って母親に肩を貸し、また一緒に歩きだす。

そのあいだも、彼の母親は子どものようにしゃくり上げていた。

立ち去る二人の後ろ姿を、勇次郎は黙《だま》ったまましばらく見つめていた。

面接で家族のことをきかれた時、母親と兄と暮らしていると渋々《しぶしぶ》のように話していた。

誰《だれ》にでも、触《ふ》れられたくないこと、人に言いたくないことはある。勇次郎もそれは同じだ。

田村社長に、『どう思った？』と感想を求められた時、『まったく興味ありません』と答えたのは、抱《かか》えている事情は人それぞれだと思ったからだ。

けれど、多くの時間を一緒にすごす中で、いやでもおたがいを知ることになるのだろう。

それが、田村社長の言う『深い関係』というものなのかどうかはわからない。

前に進むためには、望むものを手に入れるためには、必要不可欠な存在。

自分たちはすでに、一つの運命を共有している——。

勇次郎は決意をかためた表情になり、クイッと顔をあげた。

家に戻ると、勇次郎は同意書を手に廊下《ろうか》を進む。その先が稽古《けいこ》場《ば》だ。

父に跡《あと》を継《つ》がせられないと言われた日から、一度も足を踏《ふ》み入れていない。

そこはもう、入ることを許されない場所になったからだ。

「もう一度」

「はい」

「腰《こし》が高い。もう一度！」

父の厳しい声が聞こえてくる。「もう一度！」と叱責《しっせき》の声が飛ぶたびに、「はい！」と光一郎が返事をしていた。

子どものころ、同じように父に言われたことを思い出す。

「よし、今日はここまで」

「ありがとうございました」


勇次郎は廊下に正座して待っていた。

父の言葉は正しい。覚悟《かくご》のない者はなにをやっても大成などしない。

自らの足で立ち、自らの決めた道を真っ直《す》ぐに歩いていく覚悟。

父にその覚悟があるのかと問われた時にすぐ答えられなかったのは、自分の中で揺《ゆ》らいでいた気持ちがあったからだ。

まだほんの少しだけ、未練があったのだろう。

こちらの世界に——。

稽古場から出てきた父の前で、勇次郎は両手をついて深く頭を下げる。

「お父さん、お願いします。どうか同意書にサインを」

「……お前は舞台《ぶたい》に立つ器《うつわ》じゃない。覚悟のない者は、なにをしても無駄《むだ》です」

「覚悟はあります」

父の顔を見上げて、迷いのない声ではっきりと答える。

父は厳しい表情を崩《くず》さないまま、勇次郎を見下ろしていた。

「これはもう、僕だけの夢ではないんです。僕にはパートナーがいます」


（そうだ……もう、一人の夢じゃない…………！）

愛蔵とレッスンをしてきた時間を思い返す。

これはもう、『二人』の夢だ――。

この夢に、今までの自分の全部と、これからの自分の全部をかけると決めた。


「彼とどこまで行けるのか、挑戦《ちょうせん》してみたいんです!!」

勇次郎は声に力を込める。

「一人じゃダメだけど、誰かと一緒ならいけるかもって？」

バカにしたような光一郎の声に、ハッとする。

「芸事の道はそんな甘いものじゃない。舞台をバカにするな！」

光一郎が、勇次郎をイラ立ったような目で見下ろして吐《は》き捨てた。

「そんなつもりは……っ」

「あんたのパートナーだって同じだろ。一人じゃなにもできないくせに」

嘲笑《あざわら》う弟の声を聞きながら、勇次郎は床《ゆか》についた手を強く握《にぎ》る。

（なにも知らないくせに……っ！）

立ち上がって足を大きく一歩前に踏み出し、思わず弟の胸《むな》ぐらをつかんだ。

「見てもいないのに、あいつをバカにするな!!」

強く睨《にら》みつけながら、強い口調で言う。

自分たちが努力してきたことを、積み上げてきたことを、覚悟を、決意を、夢を、踏みにじるようなマネはもう二度と、絶対にさせない――。

怯《ひる》んだように、光一郎の足が後ろに下がる。その表情が強《こわ》ばっていた。

静かに見ていた父の視線に気づき、勇次郎はハッとして手を放した。

「失礼しました……」

その場に正座しなおし、深く頭を下げる。

「……勇次郎。表現の形は違《ちが》えど、舞台に立つという点は歌舞伎《かぶき》と同じ。道は厳しいですよ」

「覚悟の上です」

勇次郎は頭を上げ、父を見て揺るぎない声でそう答える。

たとえ、どんなことがあろうともこの道を進む。

この家を――『染谷』の名前を捨てることになったとしても。


父はそばにやってくると、勇次郎の前でスッと腰を落とし、床におかれた同意書を拾った。

「……多恵、ペンを」

「は、はい！」

戸の陰《かげ》で心配そうに見守っていた母が、身をひるがえしてペンをとりにいく。

「お父さん……」

「そこまで言うなら、やってみるがいい」

戻《もど》って来た母からペンを受け取ると、父は同意書に自分の名前を書く。

「私の見立てとお前の見立て。どちらが正しいか、証明してみろ」

返された同意書を見て、「はいっ！」と力強く返事をした。

翌日、事務所に行った勇次郎は、事務室のデスクにいた内田マネージャーに同意書を差し出した。

「親の同意書です。お待たせしてすみません」

内田マネージャーが、「はい、たしかに」と書類を受け取って確かめる。

「……もらえたんだ」

独り言のような声が聞こえて、「なに？」と振《ふ》り返る。

「いや、べつに……」

愛蔵はごまかすように言って、フィッと顔をそむけていた。

「お二人さん、終わったらちょっとこっちおいで」

田村社長が、手招きして二人を呼ぶ。いつも社長室にいるのに、事務室にいるのは珍《めずら》しい。

勇次郎は、『なんだろう？』と愛蔵と視線を交《か》わした。

第四章

第四章

一

「そのままズバリ、『ベストフレンズ』もしくは……愛蔵と勇次郎の名前の頭を取って『愛♥《アイラブ》勇《ユー》』」

田村社長がそう言いながら見せたのは、二人のユニット名候補が書かれている紙だ。社長室にこもって散々考えたものらしい。

「なんっーベタな……」

「ダサすぎる……！」

愛蔵と勇次郎は顔を引きつらせ、ボソッとした声で呟《つぶや》いた。

「ベタがいいのよ。覚えてもらいやすいでしょー。どっちがいい？」

「「どっちもいやだ!!」」

「あら、ハモった」

田村社長は嬉《うれ》しそうに言ってから、「あなたはどっち？」と内田マネージャーに話を振った。

「えっ！　えっと……」

彼女は困ったように視線を泳がせてから、パッと愛蔵と勇次郎を見る。

「そうだ、あなたたちも考えてみたら？　自分たちの名前なんだし！」

この社長に任せておくと、今度はどんなぶっ飛んだ名前をひねり出してくるかわかったものではない。

それなら、自分たちで考えるほうがまだマシだろう。これは二人のユニット名なのだ。

「いい案が出なかったら、『愛♥勇』に決定ね♥」

田村社長がニコーッと笑って言った。

(だいたい、俺らはベストどころか、フレンズでもねえ……『愛♥勇』とか、♥ってなんだよ。意味わかんねーだろ。断固拒否《きよひ》だ!!)

自分たちにピッタリとはまるような名前があるはずだ。

少なくとも、『ベストフレンズ』や、『愛♥勇』よりは——。

事務所をいったん出た二人は、近くにあるハンバーガー店に移動した。

そこのほうが、ゆっくりと考えられると思ったからだ。

二階の席に座りながら、考えた案をノートに書き込んでいく。

「ハニーボーイズ……ダブルプリンス……二《に》人三脚《にんさんきゃく》？」

ポテトやハンバーガー、ジュースの載《の》ったトレイを脇《わき》に押しやって、ノートを見ながら読み上げる。

（二人三脚ってなんだよ。運動会の種目だろ、それ……）

ユニット名と言われても、二人ともアイドルのことに詳《くわ》しいわけではない。

どんな名前ならみんなが興味を持ってくれるのか、正直なところよくわからない。

考え始めてから一時間は経《た》つが、すっかり行き詰《づ》まってしまっていた。

「なんかねーのかよ？　もっとこう……キャッチーな名前は」

愛蔵はノートをテーブルに放《ほう》り投げる。

（どれも、ピンとこねーし。一番マシなのは、俺が考えたハニーボーイズだけど）

「不平不満を言うのは簡単だ。文句言ってる暇《ひま》があったら、アイディアを出してくれないかな」

向かいに座って腕《うで》を組んでいた勇次郎が、ムッとしたような顔で言う。

「ったく、使えねーなー」

「お前に言われたくない！」

また言い合いになりそうになり、「「ハァ～」」と二人してため息を吐《つ》いた。

ケンカをしている場合ではないだろう。その時間が無駄《むだ》だ。

「このままじゃ、俺たち『愛♥勇』になっちまうぞ」

テーブルに突《つ》っ伏《ぷ》しながらうんざりした声で言うと、勇次郎も深刻な顔になる。

「それだけは、阻止《そし》しないと！」


（俺たちのイメージ……なんだよな？）

ただ、かわいいだけでも、かっこいいだけでもダメなのだろう。

インパクトがあって、覚えやすくて、すぐに自分たち二人だとわかってもらえるユニット名。

これからずっと、その名前で呼ばれることになるのだ。

自分たちに一番、ピッタリはまる名前がいい。

（って言ってもな……俺たちのイメージってどんなんだ？）

自分のことならわかるが、相方の勇次郎のことはわからない。知らないことが多すぎる。

二人に合うユニット名となると難しい。

一つくらいなら、共通することがあるのかもしれないが――。

今のところ、わかっているのはおにぎりはツナマヨ派だということくらいだ。

この前のレッスンの時にも、奪《うば》い合いになってケンカした。

だからといって、ユニット名の参考にはなりそうもない。


（やっぱ、わかんねーな……女子の好きなものって、♥とか……？）

ノートを見つめながら、「うーん」と考え込む。

（一周まわって『愛♥勇』でもいいような……いや、ダメだろ！　惑《まど》わされんな。これは社長の陰謀《いんぼう》だ！）

苦悩《くのう》するように両手で頭を抱《かか》える。

向かいに座った勇次郎が、『なにやってんの？』というような目でこちらを見ていた。


不意に、「キャ～～ッ！」と声をあげたのは、学校帰りの高校生の女子たちだ。

カウンター席に座って話をしながら、盛り上がっている。

「彼氏とキス!?　まじ!?」

「うん……ファーストキス」

女子の一人が恥《は》ずかしそうに答えると、またはしゃぐような声があがる。

「いいな～！　ねぇ、どこで⁉　どうやって⁉」

「学校の帰り道に歩いてたらさ～」

（恋愛《れんあい》話か……）

愛蔵は女子たちに視線を移す。

話に夢中になっている女子の唇《くちびる》には、艶《つや》のある色つきリップが塗《ぬ》られていた。

『……帰りは明日になるから。晩ご飯、適当に食べといてちょうだい』

母の言葉を思い出し、愛蔵の眉間《みけん》に皺《しわ》が寄る。

「俺……口紅ってきらい」

ポロッと呟《つぶや》くと、同じように女子たちを見ていた勇次郎が、「えっ」と視線をこちらに戻《もど》した。

「母親が男に会いに行くとき……いつも真っ赤な口紅塗っててさ……」

あの時の母は、これから会いに行く相手のことしか考えていなかったのだろう。

家族のことなんて、すっかり忘れてしまっているのだと思い知らされるようで——。

まわりの賑《にぎ》やかな声を聞きながら、愛蔵は沈黙《ちんもく》する。

「……僕も好きじゃない」

勇次郎が声のトーンを落として、呟くように言った。

「なんで？」

「歌舞伎《かぶき》役者は、化粧《けしょう》をして舞台《ぶたい》にあがる。いつか舞台にあがる日のために、何度も練習したけど……もう必要ない」

そう言って、静かに目を伏《ふ》せている。

母親が再婚《さいこん》し、歌舞伎の家に入ることになった事情は面接の時に聞いた。

跡取《あとと》りは弟に決まっていて、自分は歌舞伎をやらないということも。

プロフィールの趣味《しゅみ》の欄《らん》に書かれていた、舞踊《ぶよう》や三味線《しゃみせん》の稽古《けいこ》は田村社長が面接で言っていたように歌舞伎のためにやっていたことなのだろう。

(だから……舞台に立ちたい……か)

もう一度、舞台に立つために。

もう一度、ステージに立つために。

理由は違《ちが》うかもしれないが、目指している場所は同じだ。

込めたいのは、『決意』だ――。


愛蔵はユニット名候補の書かれているノートを見つめた。

キスマークの上に大きなバツ印が書いてある。候補の一つとして書いたものだ。

「じゃ……そんな意味のユニット名にするか。キスとか、口紅とか……」

フッと笑って言うと、「なんで？」と勇次郎が怪訝《けげん》そうな顔をする。

「今の話の流れで、どうしてそうなるんだ？」

「俺たちがいやでも、女子が好きそうだし。それに……負けたくねえじゃん。きらいなものに」

真顔になって言うと、勇次郎があっという顔でこちらを見た。

「いやか？」

愛蔵がきくと、勇次郎も真剣《しんけん》な顔になる。

「いや……悪くない」

事務所に戻った二人は、会議室で田村社長と内田マネージャーに考えたユニット名を報告する。

「リップリップ……？」

田村社長が腕を組んだまま、目を丸くする。

「どういう意味なの？」

内田マネージャーが首を傾《かし》げてきいた。

「女の子はキスに憧《あこが》れてる。好きな相手とキスしたいし、されたい」

愛蔵が笑顔《えがお》で説明すると、「だから」と勇次郎が先を続ける。

「キスするみたいに、ファンに愛を届けたい――そんな感じの意味です」

自信はあったのだが、田村社長も内田マネージャーもポカンとした顔になっている。

反応がすぐに返ってこない。

「……社長？」

「ダメでしょうか？」

愛蔵と勇次郎が顔色をうかがっていると、田村社長の顔が急にパーッと輝《かがや》く。

「いいじゃな〜〜い！」

田村社長が抱《だ》きついてきたので、「「うおっ！」」とあせった声をあげて足を踏《ふ》ん張った。

「いいわ、すっごくいいわ!!」

社長が興奮したように言って、「ねえ？」と内田マネージャーを振《ふ》り向く。

「はいっ！　不覚にも胸がキュンッとしちゃいました！」

内田マネージャーは両手を胸の前で握《にぎ》りながら、大きく頷《うなず》いていた。

二人とも、この名前を気に入ってくれたようだ。

愛蔵は「よかった……」と、胸をなで下ろす。

勇次郎も「じゃあ、決まりですね」と、微笑《ほほえ》んだ。

「ＬＩＰ×ＬＩＰ、始動するわよ――っ!!」

社長が立ち上がり、高々と拳《こぶし》を上げる。

愛蔵と勇次郎もつられて、「「おーっ!!」」と声を上げた。

二

勇次郎と愛蔵は撮影《さつえい》スタジオの雰囲《ふんい》気《き》に緊張《きんちょう》しながら、スタッフの人たちが忙《いそ》しく動いているのを眺《なが》める。

これが『ＬＩＰ×ＬＩＰ』としての初の仕事だ。とはいえ、まだ世間には二人の名前は出ていない。

もちろん、『ＬＩＰ×ＬＩＰ』というユニット名もだ。

このＣＭも、公開されるのはまだ先だろう。


「愛蔵君がレモン味で、勇次郎君がイチゴ味ね」

衣装《いしょう》に着がえた二人に、内田マネージャーがお菓子《かし》の箱をそれぞれ渡《わた》す。

愛蔵がそれを見て、「おおっ！」と声を上げた。

「俺、このお菓子好き！」

コンビニでもよく売られている定番の人気商品だ。勇次郎も渡された箱を見る。

（イチゴ味とレモン味は初めてだ……）

二人の写真が載《の》ったパッケージで、今度新作が発売されることになっている。

ポスターやパッケージだけではなく、テレビＣＭも放映すると言っていたから、かなり大きな仕事だろう。

「でも……最初の仕事がいきなりＣＭって、大丈夫《だいじょうぶ》なんですか？　まだ、僕たちのこと、誰《だれ》も知らないのに……」

勇次郎がきくと、「そうそう」と愛蔵も相づちを打つ。

普通《ふつう》なら、もっと有名なアイドルや俳優、モデルの人が起用されていてもおかしくはない。

「大丈夫じゃないわよ」

「え……」

「これは社長が全力でとってきたビッグな仕事よ。もし失敗したら、あなたたちも、メビウスも後がない……」

深刻な顔をする内田マネージャーの頭を、「こら」と田村社長がお菓子の箱で小突《こづ》く。

二人の初めての仕事ということもあって、今日は様子を見にきてくれたようだ。

「プレッシャーかけてどうするの」

「だって、社長～！　二人とも、社長がどれだけ苦労してこの仕事をとってきたか、いまいちわかってないみたいで」

「そんなことはいいの」

田村社長はそう言うと、勇次郎と愛蔵に視線を移した。

「愛蔵、勇次郎、人が人に惹《ひ》きつけられる表情ってわかる？」

（人に惹きつけられる……表情……？）

考えていると、田村社長がニッコリと微笑んだ。

「笑顔よ。だから、楽しんでらっしゃい」

その言葉に背中を押されるように、「「はい！」」と笑顔で返事をした。


緊張しながらカメラの前に立った勇次郎は、頭上の照明を見上げる。

（楽しんで……か）

フッと口もとを緩《ゆる》めると、前を向いた。

このＣＭで、『ＬＩＰ×ＬＩＰ』のことを初めて知る人たちもいるだろう。

最初は『誰？』と、とまどうような反応をされるだろうか。

それとも、『いいな、この二人』と目を輝かせて見てくれるだろうか。

自分たちの笑顔で、大勢の人たちを同じように笑顔にしたい——。


「君と食べたい甘い甘い恋《こい》の味」

勇次郎がイチゴ味のお菓子を手に微笑む。

「俺と食べる？　甘酸《あまず》っぱい初恋の味」

愛蔵もレモン味のお菓子を見せながら、ウインクする。

二人はそのお菓子を、同時にパクッと食べた。

「プチプチイチゴ味」

「ツブツブレモン味」

二人はクルッとターンをしてお菓子と箱を見せる。

「どっちにする？」

イタズラっぽく聞いて、勇次郎がニコッと笑みを作る。

「選べよ」

愛蔵が強気な口調で言いながら、ニカッと笑った。

第五章

第五章

一

『ＬＩＰ×ＬＩＰ』としての活動が本格的に始まり、デビュー曲『ロメオ』が公開になると、瞬《またた》く間に反響《はんきょう》を呼んでファンが増えていった。

それと同時に放映されたＣＭも好評で、二人の名前と顔は広く知られるようになった。

田村社長や内田マネージャーの売り込みもあり、撮影《さつえい》や取材、テレビやラジオの収録の仕事も増えた。

中学生アイドルということで、注目されたのもあるのだろう。

新曲も出ることになり、シングルＣＤの発売も決定している。ファーストライブも開催《かいさい》される予定だ。予想以上に、順調な滑《すべ》り出しだろう。

街を歩いていても、『あっ、愛蔵君だー！』と名前を呼んでもらえるようになった。街頭の大型ビジョンにＣＭが流れていて驚《おどろ》くこともあった。

自分たちのことを、多くの人たちに知ってもらえることが、最初のうちは嬉《うれ》しかった。

デビューすれば、生活のなにもかもがこんなに様変わりするのかと驚きもした。

今まではレッスンばかりの日々だったのに、今は学校が終わればすぐに仕事だ。

土日も朝から夕方まで仕事が入っている。歌やダンスのレッスンもあるから、ほとんど休みはない。

覚悟《かくご》はしていたけれど、学校に行きながら仕事をこなすのは想像以上にハードだった。

まだ、慣れていないからということもあるのだろう。


今まで、街を歩いていても誰《だれ》も振《ふ》り返りはしなかったし、名前を呼ばれることもなかった。

それなのに、今はどこにいても誰かが自分たちのことを知っている。

外出する時にメガネと帽子《ぼうし》が手放せなくなったし、顔を隠《かく》すように歩く癖《くせ》がついた。

これほど、急激に知名度があがるなんて、想定はしていなかった――。

もっと、少しずつ名前が知られて、活動も広がっていくものだと思っていたから。

変わりすぎる環境《かんきょう》に、気持ちがついていかない。

騒《さわ》がれることに、まだ慣れない。

それは、学校でも同じだった。

「「愛蔵くーん、ねえねえ」」

休憩《きゅうけい》時間、教室の窓際《まどぎわ》の席に座っていた愛蔵は、名前を呼ばれて振り向く。

途《と》端《たん》に、「キャーッ！　こっち見た！」と嬉しそうな悲鳴があがった。

教室を覗《のぞ》いていた他《ほか》のクラスの女子たちが、はしゃぎながらパタパタと走り去る。

ただ顔を見にきただけなのだろう。デビューして以来、学校内の女子から注目されるようになったらしい。

校内を歩いていても、ひそひそ話をされたり、今のように悲鳴を上げられたりする。

ファンになってくれたのだし、騒がれるのも好意的に受け取られているからだ。

それはわかっているが、喜んでばかりもいられない。

「愛蔵、モテモテじゃん。いーなー芸能人！」

席にやってきた男子たちが、そう言って冷やかす。

「昨日も告白されてたろ？」

「マジか！　すっげー。これで何人目だ？　よりどりみどりじゃん」

「バーカ……全部断ってる」

愛蔵は素っ気なく答えて、前を向いた。

「え～なんで？」

「あれじゃね、やっぱアイドルは恋愛《れんあい》禁止？」

男子たちは面白《おもしろ》半分に、好き勝手な話をしている。

愛蔵は浮《う》かない顔で黙《だま》っていた。

毎日のように女子たちから告白されるようになった。

呼び出されることもあるし、手紙を渡《わた》されることも多い。

（……今まで、話しかけられもしなかったのに）

みんな気まぐれだ。アイドルになったと知れ渡った途端、急に態度が変わるのだから。

同じ学校に芸能人の男子がいるのが物珍《ものめずら》しい、というのもあるのだろう。


授業が終わると、愛蔵は制服のまま事務所に向かう。

学校にいるあいだも、少しも気が抜《ぬ》けない。

休憩時間になるといつも、他のクラスからも女子たちが集まってきて騒いでいるのだ。

体育館裏や屋上に移動しても、すぐに見つかってしまう。

いつも誰かに見られているようで、落ち着けるところが一つもなかった。

変わりたい、狭《せま》い世界から抜け出したいとずっと願っていた。

それは叶《かな》ったはずなのに、以前のようにまた耳を塞《ふさ》ぎたくなっている――。

（これじゃ、変わんねーよな……）

下を向いたまま、憂鬱《ゆううつ》なため息を吐《つ》く。

これから仕事なのに、気持ちの切りかえがうまくいかない。

事務所のビルの前で足を止める。不意に、耳に飛び込んできたのは、「キャーッ！」という嬉しそうな女子の悲鳴だ。

駆《か》け寄ってくるのは、ＬＩＰ×ＬＩＰのファンの子たちなのだろう。

二人が来るのを待っていた女子の一人が押されて、「あっ！」と声をあげる。

よろめくように、彼女がガバッと愛蔵に抱《だ》きついてきた。

「うわぁ！」

咄嗟《とっさ》のことに驚いて、反射的に腕《うで》で強く振り払《はら》う。

はね除《の》けられるかたちで、その子がドサッと倒《たお》れた。

「キャッ！　痛《い》った――いっ!!」

「ごめ……」

我《われ》に返り、あせって言いかけたが、「ひどいっ！」と睨《にら》まれてその先の言葉が続かない。

（そんなつもりじゃ……）

まさか、事務所の前でファンの子たちが待ち構えているとは思わなかったし、いきなり抱きつかれることも予測していなかった――。

どうしていいのかわからず硬直《こうちょく》していると、「どうしたの？」と穏《おだ》やかな声がする。

ビルから勇次郎が出てきた途端、まわりにいた女子たちが騒ぎ出した。

「キャー、勇次郎！！！」

興奮したように呼ぶ女子たちに、制服姿の勇次郎がニコッと笑《え》みを向けた。

「ごめんね、僕の相方が失礼なことをしたみたいで」

愛蔵に指を向けながら軽く睨んだ後で、すぐに座り込んでいる女子に視線を戻《もど》す。

「君、名前は？」

少し前屈《まえかが》みになりながら勇次郎がきくと、女子の顔がわかりやすく赤くなった。

「か、かなみです!!」

「そう。かなみさん、お手を」

勇次郎はニコッと微笑《ほほえ》むと、かなみという女子を優《やさ》しく見つめたまま片手を差し出す。

彼女は戸惑《とまど》うようにその手に自分の手を重ね、ポーッとなって勇次郎を見上げていた。

その手を引いて立たせると、「キャ〜〜、勇次郎素敵《すてき》！」とまわりからも声があがる。


「バイバイ、ありがとうー！」

「気をつけて帰るんだよ。またね」

事務所のビルの前で、勇次郎は帰っていくファンの人たちに笑顔で手を振った。

軽く肘《ひじ》で押されて、落ち込んだ顔をしていた愛蔵も手を振ってみせる。

笑顔は作れなかった。


ファンの姿が見えなくなると、二人は並んで自動ドアを通り抜け、ビルに入る。

その足をピタッと止めたのは勇次郎だ。

「いや、待ち伏《ぶ》せして抱きつくのはナシだろ……覚えたぞ、かなみ」

自動ドアが閉まると同時に、急に低い声になっている。

その不愉快《ふゆかい》そうなしかめっ面《つら》を見て、愛蔵は目を丸くした。

（いや……変わりすぎだろ!!）

さっきまでファンをうっとりさせていた爽《さわ》やかな笑顔は、いったいどこに消えたのか。

拳《こぶし》を握《にぎ》りながら、「今度やったら、ブラックリスト入りだかんな！」と怒《おこ》っていた。

愛蔵はついフッと笑って、自分の口を手で押さえる。笑い声が漏《も》れた。

「お前、性格悪くね？」

「感情むき出しのお前に言われたくない」

勇次郎が振《ふ》り向き、顔に指を突《つ》きつけてくる。

「ファンとは誠意を持って笑顔で向き合う。芸事を志す人間なら当然だろ」

真剣《しんけん》な顔で言われて、愛蔵はハッとする。その両肩《りょうかた》を勇次郎が強くつかんだ。

「気をつけろ。たとえ、向こうが悪くても、悪い評判はあっという間に広まる」

「わりぃ……俺、女子って苦手で……」

愛蔵が苦い表情で白状すると、「……は？」と勇次郎は瞬《まばた》きして手を放した。

「そんな……女子と遊びなれてるような顔してるのに？」

「遊んでねーよ！　つーか、付き合ったこともねーし」

（みんな、恋愛の話ばっかり……）

ハンバーガー店にいた女子たちもそうだった。

クラスの男子も、告白してくる女子たちも。

誰《だれ》かを好きになっても、すぐにその気持ちを忘れてしまうくせに——。

見知らぬ相手と腕を組んで歩いていた母親も、いつも違《ちが》う女子の肩を抱きながら笑っていた兄も同じ。

そんな気まぐれな一時の感情に、振りまわされるのはごめんだ。

「……付き合いたいとも思わねえ」

「そんなんで、よくアイドルになろうと思ったな」

勇次郎が呆《あき》れたような顔をする。

「いきなり、こんなに人気がでるなんて思ってなかったんだよ……」

性格や口が悪くても、猫《ねこ》かぶりでも、コーヒーが飲めなくても、寝《ね》ぼすけでも、負けずぎらいの頑固《がんこ》者《もの》でも、勇次郎はファンの前ではいつでも笑顔で、理想の王子であろうとしている。

どうして、そこまで本来の自分を消して、アイドルの自分に徹《てっ》することができるのか。

(俺は……)

『柴崎愛蔵』ではない、LIP×LIPの『愛蔵』である自分を作りきれない。

本心を隠《かく》し、笑顔で取り繕《つくろ》えるほど、器用な性格でもない。

愛蔵は両手で顔を覆《おお》う。

「うまく笑える気がしねー……」

人が惹《ひ》きつけられる表情は笑顔――。

不機嫌《ふきげん》な顔をしていれば、以前のように近寄りもされなくなるだけだ。

勇次郎の言うように、誠意を持ってファンに接しなければならないこともわかっている。

いつまでも女子に対して、苦手意識を持っているわけにはいかないのだろう。そう思うからこそ、笑う練習もしている。

けれど、作り笑いをする自分の顔を鏡で見るたびに、『嘘《うそ》の笑顔だ』と心の中で冷めた声がするのだ。

そのせいで、笑おうとしても自然な笑顔にならず、ぎこちない笑い方になる。

「……笑えないなら、無理に笑わなくてもいい」

勇次郎にそう言われて、愛蔵は戸惑うように顔を上げた。

「ただし、ファンの前でマイナスな感情は見せるな。好きな芸能人のそんな顔、見たくないだろ」

「頭ではわかってんだけど……」

勇次郎が距離《きょり》を詰《つ》め、首の後ろに腕をまわしてくる。そのままグイッと引き寄せられて、愛蔵は目を見開いた。

「お前ならできる」

「……っ!?」

「道で酔《よ》い潰《つぶ》れた母親の面倒《めんどう》、しっかりみてたじゃないか」

「なっ!?　お前、見て……!」

思わず動揺《どうよう》した声になった。酔っ払《ぱら》った母親に泣きつかれたところも見られていたのだろうか。

あの時は、放《ほう》っておくわけにもいかなくて、しかたなく連れ帰っただけのことだ。

「お前は、ああいうふうにファンに接すればいい」

勇次郎は愛蔵を強く抱《だ》きしめたまま言う。その声はいつもより少しだけ優しく聞こえた。

「……そうか?」

「そうだ」

愛蔵は「そっか……」と、表情を和《やわ》らげた。

無理に、『理想の王子』になろうとする必要はないのかもしれない。

勇次郎には勇次郎のやり方があり、自分には自分のやり方がある。

まったく同じになる必要はない。

笑えない時は笑うことはない。無理に違う自分を作る必要も演じる必要もない。

(俺は俺のままでいいんだ)

自分なりの『王子』を、目指していけばいいのだろう。

もし、今日のように間違えてしまうことがあったとしても、勇次郎がいる。

(きっと、こいつがちゃんと手を貸してくれる……)

一人でやっているわけではない。

今は背中をあずけられる相手がいるのだから――。


事務所の会議室に行くと、二人は並んで席についた。

向かいに座ったのは、田村社長と内田マネージャーだ。

「LIP×LIPファーストライブのチケット、即《そく》完売よ!!」

内田マネージャーが、嬉《うれ》しそうにそう報告してくれた。

「マジ!?」

ファーストライブが決定した時には、ようやくステージに立てることが嬉しくてたまらなかった。

それは勇次郎も同じだろう。オーディションを受けた時からの、二人の念願だったのだ。

その一方で、本当に大丈夫《だいじょうぶ》なのだろうかという不安もあった。

デビュー曲の『ロメオ』は、事務所側でも想定していなかったほど反響《はんきょう》が大きく、雑誌やテレビなどにも取り上げられ、多くの人たちが聴《き》いてくれるヒット曲となった。

新曲の制作にもすでに取りかかっている。

とはいえ、まだデビューしたばかりだ。自分たちの曲も多くはない。

ライブ会場を埋《う》めるほどファンを集めるというのは簡単なことではないだろう。

「二人とも、これから忙《いそが》しくなるけどしっかりね」

社長の言葉に、「はい！」と気合いを入れて返事をした。

（ライブ……絶対、成功させなきゃな！）

大勢の人たちが自分たちの歌を聴くために、パフォーマンスを見るために来てくれる。

絶対にがっかりさせたくはない。最高のライブにしたい。

「望むところです」

勇次郎も嬉しそうに返事をする。

「これ、ご家族分のチケット」

内田マネージャーはチケットを、愛蔵と勇次郎の前においた。

（家族の……）

愛蔵は戸《と》惑《まど》い気味に、『LIP×LIP LIVE〝first kiss〟～どっちのkissか、選べよ。～』と書かれているそのチケットを見る。

「あなたたちの晴れの舞《ぶ》台《たい》、親御《おやご》さんにも見てもらいなさい」

そう言って、内田マネージャーはニッコリと微笑《ほほえ》んだ。


歌のコンクールに出場した時、明るいステージの上からは客席の様子がよく見《み》渡《わた》せた。

母や父、兄が座っているのを見つけるとホッとして、自由に伸《の》び伸び歌うことができた。

愛蔵が歌い終えると、感極《かんきわ》まったように名前を呼びながら、立ち上がって大きな拍手《はくしゅ》をくれた母のことを思い出し、少しだけ目を細める。

（恥《は》ずかしいくらい、はしゃいでたっけ……）

アイドルになっても、この家の中は以前となにも変わらない。

母は相変わらず遅《おそ》くまで帰ってこない日が多く、酔っ払っている日も多い。

たまに学校に行く前に顔を合わせるくらいだ。

だから、アイドルになったことを、母がどう思っているのかはわからなかった。

賛成してくれているのか、本当は反対しているのかも。

（ちゃんと話をしてないもんな……）

だから、せめてライブをみてほしい。

喜んでくれるだろうか。もしかしたら、感動して泣くかもなと想像すると、口もとが緩《ゆる》む。

ライブ会場で、あのころみたいに大きな声で名前を呼びながらはしゃがれるのは、少しばかり恥ずかしい。でも――。

（渡してみるか……）

愛蔵は『よしっ』と、決意をして家のドアを開ける。


まだ、帰っていないかもしれない。それなら、朝話せばいい。

（……酔っ払って帰ってこなきゃいいけど）

家に入ると、玄関《げんかん》に並んでいる靴《くつ》が目に入った。兄と母の靴がある。

（あれ……二人とも、帰ってるのか……）

靴を脱《ぬ》いで家にあがると、「愛蔵、おかえりなさい！」と母の声がした。

浮《う》かれているような上機嫌《じょうきげん》な声だ。酔っているわけでもなさそうだ。

「え？　ああ……ただいま」

（今日なら、ちゃんと話……聞いてもらえるかも）

話したいことなら色々ある。

デビュー曲のことも、まだ一度も話していない。

色々な店でよくかかっているから、耳にしたことくらいはあるかもしれない。

気づいてくれただろうか――。

ファーストライブのことを伝えて、チケットを渡せばどんな顔をするだろう。

（来てくれんのかな……一日くらい、空けておいてくれるよな？）

愛蔵は思い切って、口を開く。

「話があるの」

母が嬉しそうにそう言ったので、言いかけた言葉をのみ込み、チケットを持っていた手を後ろに隠《かく》した。

結婚《けっこん》することになった——。

母が愛蔵と兄の健を前に切り出したのは、そんな話だった。

リビングのテーブルについて話を聞いていた愛蔵は、「結婚!?」と思わず声を大きくしてきき返す。

兄は想像がついていたのか、特に驚《おどろ》きもしていなかった。

「彼、仕事で日本に来てたんだけど、もうすぐ帰国するんだって。あんたたちのこと話したら、一緒《いっしょ》においでって。だから、みんなでフランスに行きましょう!」

母は立ったままテーブルに両手をつき、はしゃぐように言う。

「フランス……?」

急なことで話がすぐにのみ込めない。出たのは戸惑いの声だ。

「急にフランス言われてもねぇ。学校とかあるし」

兄が頬杖《ほおづえ》をついたまま、ひどく乗り気ではない様子で答える。

「パリにいい学校があるんだって。学費や生活費の心配もいらないって」

すっかりその気になっているのか、母は目を輝《かがや》かせていた。

頭の中は、結婚相手との新しい生活のことでいっぱいになっているのだろう。

心が冷めていくのを感じて、愛蔵はゆっくりと下を向く。

だから、横に座っていた兄がチラッと視線を向けたことには気づかなかった。


「俺らにも都合があるんですけど。進路とか友達づきあいとか」

「友達なんて、あっちで作ればいいじゃない」

「じゃ、母さんが日本でべつの彼氏作ればー？」

前髪《まえがみ》を押さえながら、兄が面倒《めんどう》そうな顔をして言った。

「はぁ!?　そんなことできるわけないでしょ」

「母さんが俺たちに言ってることってそういうことだから」

「あんたたちは子どもなんだから、親の言うことときいてればいいのよ！」

「こんなときだけ親ヅラしてほしくないんですけど!!」

言い合いをする二人の声が、どんどん大きくなる。

以前、この家に響《ひび》いていた父と母の言い合いの声が、兄と母の声に重なって耳の奥で響く。

誰《だれ》もが身勝手なことばかり。自分の都合ばかり。

グッと歯を食いしばり、膝《ひざ》の上でチケットを握《にぎ》り締《し》める。

「生意気言うんじゃないわよ！　誰のおかげで生活できてると——」

「うるさい……」

愛蔵は下を向いたまま呟《つぶや》いてから、椅子《いす》を蹴《け》り倒《たお》すように立ち上がった。

その音に驚いて、兄と母がこちらを見る。

「うるさいっ!!」

拳《こぶし》を力一杯《ちからいっぱい》握《にぎ》ったまま、愛蔵は声を張り上げた。

もうなにも聞きたくない。ここにはいたくない。

（なんでそんなに………っ!!）

身をひるがえし、リビングを勢いよく飛び出す。

「愛蔵！」

あせったように呼んだのは兄の健だ。その声を振《ふ》り切って家を出ていった。

（どいつもこいつも、勝手なことばかり……）

もうずっと前から、わかっていたことだ。

家族なんて形ばかりで、もうとっくに壊《こわ》れていることも、昔のようにみんなで笑っていられる日などこないことも。

それなのに、なにを夢のようなことばかり考えていたのだろう。

賑《にぎ》やかな人の声があちこちから聞こえてくる。

クラクションが鳴り響き、車が走り抜《ぬ》けていく。

街の明かりが眩《まぶ》しいほどにきらめいていた。

その中をうつむいたまま走り抜ける。

わずらわしい音や人の声ばかりあふれていて、いくら耳を塞《ふさ》いでも消えない。

オーディションに合格すれば、変われる気がした。

息苦しいこの閉塞《へいそく》的な世界から、抜け出せる気がした。

(俺が歌っても、なにも変わらない……いくら声を張り上げても……！)

『ええ、帰りは明日になるから。晩ご飯、適当に食べといてちょうだい』

『また、男と朝までですかぁ？　お盛んですこと』

『愛蔵くーん！』

『愛蔵、モテモテじゃん。いーなー芸能人！』

『昨日も告白されてたろ？』

『マジか！　すっげー。これで何人目だ？　よりどりみどりじゃん』


『うわぁ！』

『痛《い》った——いっ!!　ひどいっ！』


　真っ赤な口紅で唇《くちびる》をなぞる母親。

　騒《さわ》ぐ女子たちや、冷やかすクラスの男子たち。

　抱《だ》きついてきたファンの女子。

　その声や姿が次々に頭に浮かんでは消える。

　街の騒音《そうおん》がまるでボリュームをあげるように大きくなっていき、のみ込まれそうになって耳を押さえた。

橋までくると、愛蔵は荒《あら》い息を吐《は》きながら欄干《らんかん》に手をつく。
なにも変わらない。変われない。現実なんてこんなものだ。
いつだって、目の前で扉《とびら》は閉まる。その先へは進めない。
どんなに必死になって努力しても、全部——無駄《むだ》だ。
歯を食いしばり、握り締めたままだったチケットを破り捨てる。

『彼、仕事で日本に来てたんだけど……だから、みんなでフランスに行きましょう！』
『……母さんが日本でべつの彼氏………』
『はぁ!?　そんなこと……』
『……親ヅラしてほしくないんですけど』
『生意気言うんじゃないわよ！　誰のおかげで…………！！』

『うるさいから、歌わないで!!』

「うわあああああ————————っっ!!」
頭を駆《か》け巡《めぐ》る声を全部かき消したくて、欄干を両手でつかんだままありったけの声を絞《しぼ》り出すように叫《さけ》んだ。

崩《くず》れるようにその場にしゃがみながら、激しく咳《せ》き込む。

喉《のど》が焼けつくようだった。息ができなくて、苦しくて思わず手で押さえる。

「…………っ！」


（……え？）


声を出そうとしているのに、喉につっかえたように出ない。

掠《かす》れたような音が小さくもれるだけだ。

（…………声が…………）

両膝《りょうひざ》をついた愛蔵の瞳《ひとみ》が、動揺《どうよう》したように揺《ゆ》らぐ。

声が出ない——。

二

家に戻《もど》った勇次郎はリビングに入ると、ソファーに座っていた母にチケットを渡《わた》す。

「デビューライブ……すごいじゃない！」

チケットを見ると、母はそう言って目を輝《かがや》かせた。

「でも、その日は、光一郎の歌舞伎《かぶき》公演の初日だから……無理だよね」

勇次郎は立ったまま遠慮《えんりょ》がちにきいた。公演の日は母も手伝いで忙《いそが》しいはずだ。

「勇次郎のデビューライブなんでしょ？　お父さんたちは無理だけど……私は頼《たの》んで行かせてもらうわ」

母は嬉《うれ》しそうに頬《ほお》を両手で押さえる。当日の手伝いは、他《ほか》の人に頼むつもりなのだろう。

「……そう」

勇次郎は片手を密《ひそ》かに握《にぎ》った。口もとがどうしても緩《ゆる》みそうになる。

チケットが完売になったことまでは、言わなくてもいいだろう。

当日、来ればわかることだ。驚《おどろ》かせたい。

（僕らＬＩＰ×ＬＩＰの、初めてのステージ……）

セットリストという当日の曲順も、すでに決めてある。

通しリハーサルも数日後に行われることになっている。

ダンスも歌も、何度も繰《く》り返し練習した。

事務所の休憩《きゅうけい》室で、ケンカしながら当日話すＭＣの内容も決めた。


成功させたい。絶対に——。


翌日、レッスンのために事務所に行くと、内田マネージャーに呼び止められる。

「えっ、行方《ゆくえ》不明？」

話を聞いた勇次郎は、驚いてきき返した。

事務室の隅《すみ》だから、他のスタッフたちは聞いていない。

「愛蔵君、学校無断で休んだみたいで……家にもいないし、携帯《けいたい》も出ないし」

内田マネージャーが深刻な表情になって言う。

（休んだ……？）

家にもいないということは、体調が悪くて休んでいるわけではないのだろう。それなら、連《れん》絡《らく》くらいしてくるはずだ。

昨日は元気そうだったし、ダンスレッスンの後も疲《つか》れたような顔はしていなかった。

「あなたのところに連絡きてない？」

「きませんよ。そもそも、あいつの連絡先なんて知らないし。あいつも僕の番号知らないんで」

「いい加減、連絡先くらい交換《こうかん》しなさいよ。ユニットなのよ？」

「ユニットだからって、連絡先を交換しなきゃいけないわけじゃないでしょ」

内田マネージャーは「まったく……」と、困った顔をする。

「愛蔵君の行きそうな場所は……」

すっかり途方《とほう》にくれながら、内田マネージャーは携帯を見て他の連絡先をさがしていた。

（あいつが行きそうな場所……）

『誰《だれ》にも言うなよ。俺のお気に入りの場所だかんな』

いつもダンスの自主練をしている高台の公園に勇次郎を連れて来た時、そう話していた。

あそこならいるかもしれないと思い、事務所を出て高台に向かう。

内田マネージャーには、『さがしてきます』とだけ伝えておいた。

まだ、そこにいると決まったわけではない。見つけてから報告すればいいと思ったからだ。


ライブが近いのに、連絡もせず行方不明になるなんて愛蔵らしくない。

事務所の前で女子を払《はら》いのけてしまったことを、まだ気にやんでいるというわけではないだろう。

あれは愛蔵のせいではない。ケガをさせたわけではないし、あの女子も他の子たちも嬉しそうに帰っていった。

女子が苦手だという話は、あの時初めて聞いた。

デビューしてからときどき憂鬱《ゆううつ》そうな顔を見せるようになったのは、そのせいだったのだろう。

（なにか悩《なや》んでるのは知ってたけど……）

うまく笑える気がしないと、珍《めずら》しく弱気なことを口にしていたことを思い出す。

ユニットを組んでいるからといって、まったく同じように振《ふ》る舞《ま》う必要はない。

愛蔵には愛蔵の良さがある。笑えないというが、スタッフの人たちとはいつも楽しそうに笑い合っている。

人見知りしないから誰とでもすぐに仲良くなるし、人の輪に溶《と》け込むのもうまい。

勇次郎からして見れば、なにを悩む必要があるのだろうと思えるくらいだ。

作り笑いなんてしなくても、ごく普《ふ》通《つう》に笑えているのに。

苦手だという意識さえ忘れれば、女子たちの前でも、ファンの前でもいくらでも笑《え》顔《がお》になれるだろう。

自然と手を差し伸《の》べることもできるに決まっている。

(作る必要なんてないのに……あいつは、僕とは違《ちが》う)

そのことをまだ気にしていて、どこかで自信をなくしているのだろうか。

大雑把《おおざっぱ》なように見られることが多いが、繊細《せんさい》で気にしやすい性格だ。

だからといって、連絡もなく行方不明になるとも思えない。まだ知り合って一年と経《た》っていないけれど、ほとんど毎日のように顔を合わせて一緒《いっしょ》にレッスンや仕事をやってきたのだ。

そこまで無責任なやつではないことくらい知っている。

昨日も落ち込んでいる様子はなかった。


だとしたら、他に考えられる理由は一つだ――。


高台にたどり着くと、空が茜色《あかねいろ》に染まっていた。

二人でよく練習した公園のベンチにポツンと座っている愛蔵の姿を見つけて、ため息を吐《つ》く。

ヘッドホンをつけ、音に閉じこもるように両手で押さえていた。

うつむいて目を閉じているから、勇次郎がきたことにも気づいてはいない。

（こんなところにいた……）

歩み寄ると、手を伸ばしてヘッドホンを取り上げる。

愛蔵がハッとしたように顔をあげた。

その口から「なんで……」と、狼狽《ろうばい》したような声がもれる。

「わかりやすすぎる」

「……え？」

「なにやってんだ？　レッスンサボって」

勇次郎はヘッドホンを手にしたまま、そう尋《たず》ねた。

愛蔵は思い詰《つ》めたような表情で横を向いたまま、すぐには答えようとしない。

（まったく、世話が焼ける……）

「……お前、レッスンは？」

ベンチに腰《こし》を下ろすと、愛蔵が小さな声できいてきた。

自分こそ、レッスンをサボったくせに心配そうな顔だ。

「バーカ。ユニットのレッスンを一人でやっても意味ないだろ」

「うっ……そっか……」

愛蔵は気まずそうな声で言い、下を向く。

ライブまで、あと数日だ。それはわかっているだろう。

「俺……ライブできないかも」

膝《ひざ》を抱《かか》えたままポツリとこぼした愛蔵の顔を見る。

「……なんで？」

「歌えなくなった」

勇次郎は沈黙《ちんもく》の後で、「……は？」とき き返した。

「どういう意味だ？」

「歌おうとすると、喉《のど》が引きつって……」

そう言いながら、愛蔵は自分の喉を手で押さえる。

「昔、似たような状態になったことがある。子どもの時に――」

勇次郎は黙《だま》ったままその話を聞いていた。

「あん時は治るまで一年以上かかった。今度は、いつ歌えるようになるのか……もしかしたら、ずっと……」

歌う時、たまに喉を押さえていることがあった。

それは、音がとりにくい時に無意識にやっている、癖《くせ》のようなものだと思っていた。

（一年…………）

オーディションに合格してから今日まで、毎日遅《おそ》くまでレッスンに明け暮れてきた。

ダンスが合わせられなくて、汗《あせ》だくになりながらこの公園で何度も何度も練習をした。

ようやくデビュー曲ができて公開となり、ファーストライブも目前に迫《せま》っている。

ＣＭや取材の仕事も増えた。事務所も『ＬＩＰ×ＬＩＰ』を売り出すために、すでに動いているのだ。

ファンの人たちも、ライブや新曲を楽しみに待ってくれているだろう。

オーディションに合格してから今まで、二人で全力で走ってきた。

目指してきたステージにもうじき立てる。

それが、おたがいに夢で目標だったはずだ。

それなのに――。

「……で？　これからどうするつもりなんだ？」

「……フランス行くかも」

「なんで？」

「なんか、そんな話になってんだよ。母親が再婚《さいこん》するって言ってて……」

「……行きたいのか？　お前」

勇次郎は愛蔵の顔をジッとのぞき込んできく。

「……行きたくねえよ。でも……」

膝に顔をうずめ、愛蔵は消えそうな声でそう答えた。

以前、歌えなくなったのも家族のことが原因だったようだ。今回もそうなのだろう。

愛蔵が母親思いなのは知っている。

酔《よ》っ払《ぱら》って泣きつく母親を、困ったような顔をしながらもなだめて連れ帰っていた。

愛蔵がフランスに行くなら、『LIP×LIP』としての活動はできなくなるだろう。

最初はソロデビューという話だったのだ。最初に戻《もど》るだけ。

ファンの人たちは困惑《こんわく》するのかもしれないが、時間が経てば受け入れるだろう。

でも、それでいいのか――。

オーディションの時、ダンスをしながら歌っていた愛蔵は生き生きとしていて、表情も瞳《ひとみ》も輝《かがや》いていた。ステージの上で歌えることがよっぽど嬉《うれ》しかったのだろう。

面接でアイドルになった理由をきかれた時も、『歌いたいから！』と答えていた。

レッスンの時もそうだ。ダンスも歌も心から楽しんでいる。好きで好きでたまらないのは、見ていればわかる。

もう一度、歌えるようになったのに、またこんなふうに歌うことを、声を奪《うば》われなければならないのだろうか。

目指していたステージに、ようやく立てる時がきたのに。

それも諦《あきら》めなければならないのだろうか。

必死に努力を積み重ね、手に入れかけた夢ですら、こんなにもたやすく取り上げられてしまう。

いつだってそうだ。必死に縋《すが》った一筋の希望の光すら、手からすり抜《ぬ》けていく。

どうして、世界はこんなにも理不尽《りふじん》にできているのだろう。

そうやって、何度、自分たちは夢を、好きなことを諦めなければならないのだろう。

勇次郎はうつむいて、痛いほど強く拳《こぶし》を握《にぎ》る。

「くだらねぇ!!」

勢いよく立ち上がり、思わず乱暴な口調で吐《は》き捨てた。

悔《くや》しくてたまらなかった。

それが自分たちの『定め』なのだと、嘲笑《あざわら》われているようで――。

「黙って聞いてれば、グチグチグチグチと……まともに聞いた僕がバカだった。いや、バカはお前だ。バカだって知ってたけど、どうしようもない大バカだ！」

「あんだよ。人をバカバカって！　俺は真剣《しんけん》に……」

見下ろしたまま容赦《ようしゃ》なく罵《ののし》ると、愛蔵が気色ばんで言い返してくる。

「真剣にやってることをこんな簡単に諦めるのか？　お前の覚悟《かくご》は、その程度か？」

勇次郎は燃えるような強い眼差《まなざ》しを愛蔵に向けて、問いただす。

家族のことがどれだけ重いのかくらい、いやというほど知っている。

それが、簡単に切り離《はな》せるものではないことも――。

けれど、そんな理不尽な現実に負けたくはないと思ったのではなかったのか。

「出会った時から腹が立つやつだとは思ってたが、今が今までで一番、最高に、猛烈《もうれつ》ムカつく！」

声を張り上げて、顔をそむける。

「こっちは、人生かける覚悟でやってんのに！」


(お前だって、そうじゃないのか!?)

人生の全部をかけて挑《いど》まなければ、この夢は叶《かな》わない。

同じ夢を見ているやつなど、いくらでもいる。

その中で手が届くのは、ほんの一握りだ。

特別な人間でなければ、叶えられない。ステージに立つことはできない。

そういう世界に、無謀《むぼう》を承知で飛び込んだ。

この先も、きっと平坦《へいたん》な道のりではない。

立ちはだかる壁《かべ》などいくらでもあるだろう。

おたがいにしがらみはある。それでも、全部振り切って前に突《つ》き進んでいくしかない。

そうしなければ、また希望のない世界に囚《とら》われ、うつむいていることしかできなくなる。


「俺だってそうだ！　俺だって……でも、歌えなきゃ……」

愛蔵が苦しそうに顔を歪《ゆが》め、両手で頭を抱える。

勇次郎はその胸《むな》ぐらをつかんで強く引き寄せた。

「歌いたいんだろ！　なら歌え!!」

怒鳴《どな》るような声をあげる。

愛蔵はなおもためらうように、「いや、でも……」と声を落として目をそらそうとする。

（いやだの、でもだのっ、こいつは!!）

勇次郎は歯を食いしばると、力一杯《ちからいっぱい》愛蔵の腹に拳を叩《たた》き込んだ。

手加減なしの一発だ。愛蔵が「うあっ！」と、苦しそうな声をもらして前屈《まえかが》みになる。

倒《たお》れなかったのは足を踏《ふ》ん張ったからだろう。グッと顔をあげ、睨《にら》んでくる。

「……なに……すんだっ!!」

「腹筋に力を入れて、腹から声を出せ!!　気合いで叫《さけ》べ!!」

勇次郎は愛蔵に向かって大声をあげる。

抗《あらが》うことをやめたら、そこで終わってしまう。

せっかく、ここまで二人でやってきたのに――。


「だから……！」

「いいから、歌え！」

歌えなくても、歌うしかない。それがどれだけ無茶《むちゃ》なことであっても。

一年なんて、誰《だれ》も待ってくれない。待たせられない。

覚悟――。

たとえどんなことがあろうとも、どんな事情があろうとも、舞台《ぶたい》からは逃《に》げられない。

どれほど重くても、潰《つぶ》れそうになっても、全部背負ってそこに上がるしかない。

そういう父や、他《ほか》の大勢の人たちの姿を幼いころからずっと見てきたのだ。

自分たちも同じだ。


愛蔵は顔を上げると、かすれた声を絞《しぼ》り出すようにして歌い始めた。

いつもの愛蔵のよく通る歌声ではない。それでも、必死になって声を出そうとしている。

けれど、やはり声が出ないのだろう。

顔を歪め、ギュッと目を閉じて喉《のど》を押さえていた。

勇次郎は隣《となり》に立ち、その声に自分の歌声を重ねる。何度も一緒《いっしょ》に合わせた、自分たちの曲だ。

驚《おどろ》いたように見ていた愛蔵が、もう一度、歌い始めた。

こんなことで、『僕ら』の未来を、夢を、潰させたりはしない。

奪わせない。もう、誰にも——。

三

最初はほとんど歌声になっていなかったのに——。

勇次郎の声に無理矢理《むりやり》引っ張り上げられるように、少しずつ声が出る。

競《きそ》うように、声を大きくする。

かすれていた声が、伸《の》びやかな声に少しずつ変わっていく。

いつもの自分の歌声。まるで水の中で歌っているような苦しさだったのに。呼吸が楽だ。

（なんで？　一人じゃ……いくらやっても出なかったのに……）

声が出ないことに気づいてあせり、この公園にやってきて何度も何度も歌の練習をした。

けれど、歌おうとすればするほど、どんどん声がかすれて小さくなり、最後には喘《あえ》ぐような声しか出なくなった。

こんな声でライブになど出られるわけがない。ステージに立てるわけがない。

これがファーストライブだ。田村社長や内田マネージャー、事務所の関係者たちも、このライブを成功させるために毎日、遅《おそ》くまで準備を進めてくれている。

なによりも――。

こんな状態でステージに上がれば、『ＬＩＰ×ＬＩＰ』の評判だけではなく、勇次郎の評判まで落とすことになるだろう。

勇次郎がどれだけ舞台に立ちたがっているか知っている。

人生をかけてこの仕事に挑んでいることもわかっているのに、巻き込めるわけがない。

父親の前で地面に額がつくほど深く頭を下げながら、必死に頼《たの》んでいた姿も見ていた。

それなのに、自分のせいで勇次郎の夢まで奪《うば》うわけにはいかない。

歌えない自分は足を引っ張るだけだ。

だからもう――諦《あきら》める以外にないと思っていたのに。

（声が引っ張られる……伸びて、響《ひび》いて……こんなの初めてだ）

二人の声が合わさり、空いっぱいに響き渡《わた》る。

（声が、飛ぶ！）

さっきまで、全然歌える気がしなかったのに。

今なら、どこまでも声が届くような気がした。

（ははっ……なんだ、これ？）

風が競うような二人の歌声を、彼方《かなた》まで運んでいく。

心がどんどん、軽くなる。

愛蔵は勇次郎と顔を見合わせると、思わず笑い合っていた。

（俺、今なんだか……すっげー楽しい！！！）

家まで戻《もど》った愛蔵は、玄関《げんかん》の前で深呼吸する。

ガシャッとドアを開いて入ると、玄関に母の靴《くつ》と、見知らぬ男性の革靴《かわぐつ》が並んでいた。

「あ、帰ってきたわ。愛蔵、どこ行ってたのよ！　早くいらっしゃい」

リビングのほうから、母の声が聞こえてくる。

「例の再婚《さいこん》相手が来てるぜ。俺らに挨拶《あいさつ》したいってさ」

部屋から出てきた兄が、笑いながら愛蔵の肩《かた》を叩く。それから、少し顔を寄せてきた。

「パパになる気満々だぜ。フランス、強引《ごういん》に連れて行かれっかも。面倒《めんどう》なら、どっか二人で逃げてもいいけどー？」

「逃げねーよ。俺は行かない。そう言えばいいだけだろ」

兄を真っ直《す》ぐに見て答えると、肩に乗った手を振《ふ》り払《はら》う。


今は一人ではない。

同じ道を共に歩いていく、『パートナー』がいる——。


覚悟《かくご》を決めたような表情でリビングに入っていく弟の後ろ姿を、健は少し驚いて見ていた。

「泣き虫だった、愛蔵君がねぇ」

そう呟《つぶや》いてから、フッと表情を和《やわ》らげる。

「いい顔するようになったじゃん……」

第六章

第六章

一

『ＬＩＰ×ＬＩＰ ＬＩＶＥ〝ｆｉｒｓｔ ｋｉｓｓ〟 ～どっちのｋｉｓｓか、選べよ。～』

看板の飾《かざ》られたライブ会場の入り口前では、早々と集まったファンの人たちが楽しそうに話をしたり、写真撮影《さつえい》をしたりしていた。

グッズ販売《はんばい》ブースの前には行列ができていて、みんながペンライトやＴシャツ、スカーフリングなどのグッズを買い求めている。

開場時間になると、待っていた人達が係員に誘導《ゆうどう》されながら続々と会場に入っていった。

みんな、この日を心待ちにしてくれていたのだろう。

ライブが始まるまであと三十分ほどになると、一階席はほぼ埋《う》まっていた。

その様子を二階席から見下ろした星空が、「めっちゃ満員やん！　熱気満々ってやつやな」と瞳《ひとみ》を輝《かがや》かせる。

「あぁ、どんなライブをするのか、楽しみやな」

隣《となり》に座った飛鳥も、興奮気味にざわついている客席を眺《なが》めながら微笑《ほほえ》んだ。

「しっかり見ておいてね。君たちのライバルになる二人だから」

後ろに立った前田君がそう言って、ステージに視線を移す。

「へえ、なかなかの人気じゃん」

機材の置かれたスペースで、ステージを見下ろしているのはＦＴ４のＹＵＩだ。

オーディションに立ち会い、ダンスやボイストレーニングの指導もしてきたのだ。『かわいい後輩《こうはい》』の初ライブを、見届けないわけにはいかない。

「田村社長がプロデュースしたんだ。当然だ」

「ここからだろ。本当の勝負は」

ＲＩＯとＤＡＩが言う。

この日のために、普段《ふだん》後輩の指導などしないのに、特別に引き受けてしっかり鍛《きた》え上げた。

あとはその成果をどれだけ本番のステージで見せられるのか。

それはあの二人にかかっている。

「俺たちのところまで、這《は》い上がってこられるかなー」

ＭＥＧＵが楽しそうに言いながら、振り返る。

「お手並み拝見だ」

まだ照明のついていないステージを見つめながら、ＩＶは微笑んだ。

二

楽屋でステージ衣装《いしょう》に着がえた勇次郎は、ジャケットに袖《そで》を通す。

これが『ＬＩＰ×ＬＩＰ』の、ファーストライブ。

今日この日のために、やれるだけのことは全部やってきた。

リハーサルでも、何度も流れを確認《かくにん》した。

大丈夫《だいじょうぶ》、できる。

テーブルの上に置いていた携帯《けいたい》を取ると、母からのメールが入っていた。

今ごろもう、会場内にいるはず——。

『今日のライブですが、光一郎さんが過労で倒《たお》れました。今病院です』

メッセージを読んで、勇次郎は目を見開く。

（光一郎が……!?）

『休養をとれば大丈夫とのことですが、今晩は付き添《そ》います。ごめんなさい』

続けて、そう書かれていた。

昨日の夜、遅《おそ》くまで稽古場《けいこば》で稽古をしていたようだった。今日の公演は弟にとって大事なものだ。今までになくプレッシャーが大きかったのだろう。

（しょうがない……）

勇次郎は、スマホを握《にぎ》ったままゆっくりとうつむく。

（染谷家の跡継《あとつ》ぎの一大事に駆《か》けつけるのは当然だ……）

母はずっと裏方として、父や弟の手伝いをしてきた。

家のことをなによりも優先すべきなのはわかっている。

おそらく、あちらの舞台《ぶたい》のほうは大騒《おおさわ》ぎになっているだろう。

簡単に代役を立てるというわけにもいかない。

（当然だ……）

そんな中で母だけ抜《ぬ》け出し、ライブを観《み》にくるなどできるはずがない。

それができるような人でもない。

少しでもいいから来てほしい、なんて言えない。

『僕は大丈夫だから。光一郎についていてあげて。心配しないで……』

そうメッセージを送り返そうと思うのに、携帯を握ったまま指が動かなかった。

昨日の夕飯の後も、『必ず行くから、頑張《がんば》ってね』と言ってくれたのに――。


「おい、どうした？」

携帯を見つめていると、愛蔵が声をかけてきた。

動揺《どうよう》している場合ではない。大事なライブの前だ。

「べつに……なんでもない」

勇次郎はフィッと顔をそむける。

「嘘《うそ》つき」

そう言って、愛蔵がドンッと壁《かべ》に手をついた。

「おい、今日は俺たちのファーストライブだぞ。わかってんのか？」

携帯を持つ手がわずかに震《ふる》えていることに気づかれたのだろう。少し怒《おこ》ったような口調だった。

「わかってる……」

勇次郎は答えて、動揺を隠《かく》すように顔をそむけた。

「だったら……」

愛蔵の手が勇次郎の顎《あご》をクイッと上げる。そのことに驚《おどろ》いて、思わず愛蔵の顔を見た。

「よそ見すんな。俺を見てろ！　怖《お》じ気《け》付いたのか？　俺に食われちまうのが怖《こわ》くて」

挑発《ちょうはつ》するように言われ、「ハッ！」と強気に笑う。

「誰《だれ》に向かって言ってんだ！」

そうだ――。

今日、この日を心待ちにしてきてくれている人たちがいる。

大勢のスタッフや関係者、バンドメンバーの人たちが、自分たちのライブを作り上げるために協力してくれている。

どんなことがあろうとも、ステージに立たなければならない。

ノックの音が聞こえ、愛蔵の背中に腕《うで》をまわしていた勇次郎は、パッと手を放して後ろに下がった。愛蔵も離《はな》れて振《ふ》り返る。

入ってきたのは、田村社長だ。

「ライブ前にごめんなさいね。二人とも、親御《おやご》さんは？　ご挨拶《あいさつ》したいんだけど」

「うち、家族誰も来ないんで」

先に答えたのは愛蔵だ。

高台の公園で一緒《いっしょ》に歌った日の翌日、『話はつけてきた。フランスには行かない』とだけ報告してきた。それ以上の詳《くわ》しい話は聞いていない。

ただ、やけにスッキリとした表情はしていたから、覚悟《かくご》は決めたのだろう。

「うちもです」

勇次郎もそう答えると、田村社長が目を丸くする。

「え？　誰も？」

「ちょっと、色々あって」

「すみません」

二人はごまかすようにそう答えた。

「謝ることはないわ。だってあなたたちは、自分の意志でここにいるんでしょう？」

田村社長は二人を見ながら、ニコッと微笑《ほほえ》む。

「アイドルになっても、誰もが応援《おうえん》してくれるとは限らないわ」

その言葉を聞きながら、同意書のサインをもらうために父に何度も頭を下げたことを思い出す。今でも、心から賛成してくれているというわけではないのだろう。

仕事の話も、一度も聞いてこない。勇次郎から話すこともなかった。

愛蔵の家も同じだろう。言わないが、日本に残り活動を続けるために親を説得するのは簡単なことではなかったはずだ。

それでも、自分たちは今ここにいる。

社長の言うように、自分たちの意志で。

一番大切だと思うものを、選び取った結果だ――。

「ご家族にも、色々な考えや思いがあるでしょうから。家族でも気持ちがすれ違《ちが》ったり、かみ合わなかったり、うまくいかないことも少なくないわ。でも、たとえ気持ちが通じあえなくても、みんなそれぞれの場所で、いろいろな思いを抱《かか》えながら頑張っているわ。あなたたちと同じようにね」

父や母、そして弟もそうなのだろう。

誰もが背負う役目がある。

自分は自分の役目を果たさなければならない。

勇次郎はわずかに目を伏《ふ》せる。

愛蔵も真剣《しんけん》な表情で話を聞いていた。

「愛蔵、勇次郎。オーディションであなたたちと出会えて、本当に良かった」

「社長……」

愛蔵が声を詰《つ》まらせるように呼んだ。

最終選考で選ばれなければ、今自分たちはここにいない。

誰にも選ばれることのなかった、誰にも認められることのなかった、日陰《ひかげ》にいた自分に光を当ててくれたのはこの人だ。

歌いたい、ステージに立ちたいという自分たちの願いに、手を差し伸《の》べてくれた。

田村社長がいなければ、決して叶《かな》うことのない夢だった。

「本当にありがとうござ――」

勇次郎が頭を下げようとすると、「ストップ！」と額を手で押さえて止められる。

「お礼を言うのはまだ早いわ。まずは初ライブを成功させてからよ」

「たしかに」

誰もが忘れられなくなるような、最高のライブにする。それが今の自分たちの役目だ。

「じゃあ、とりあえず成功させますか」

愛蔵がニカッと笑って言った。


「失礼します。愛蔵君、勇次郎君、準備はできてる？」

内田マネージャーがドアを開けて入ってくる。もうそろそろ、移動する時間なのだろう。

「もちろん」

「完璧《かんぺき》です」

「うう～、いよいよね！　あんなに練習したんだし！　練習通りにやれば、絶対大丈夫《だいじょうぶ》だから！」

「マネージャー、緊張《きんちょう》しすぎ」

「一回、深呼吸したほうがいいんじゃね？」

ステージにあがる自分たちよりも、彼女のほうが落ち着かないようだった。

準備や調整のために、今日まで走りまわっていたのだからそれも当然といえば当然だろう。

「二人とも、緊張してないの？　初めてのライブなのに」

目を丸くしていた内田マネージャーが、ふと二人の首に視線を移す。

「え？　ちょっと、首のそれなに？　キスマーク⁉」

「はい。ＬＩＰ×ＬＩＰって感じを出そうと思って」

勇次郎はニコッと笑って答えた。

愛蔵も「どう、いいっしょ？」と、首筋を指さして少し照れたように笑っていた。

「い、いいけど、すっごくいいけど！　それ、二人でどうやってつけたの⁉」

二人はイタズラっぽく笑い合い、「「内緒《ないしょ》」」と人差し指を唇《くちびる》に当てる。

頬《ほお》を押さえた内田マネージャーの顔がパッと赤くなっていた。


自分たちの決意を、刻みたかったから――。

「10分前です。スタンバイ、お願いします」

スタッフが呼びにやってくる。

愛蔵が「了解《りようかい》！」と、敬礼する。

「それじゃ……」

二人は笑《え》顔《がお》になって、「「行ってきます！」」と声をそろえた。

「行ってらっしゃい」

田村社長と内田マネージャーに見送られながら、楽屋を出る。

「社長、社長がどうしてあの二人を選んだのか、今わかりました」

田村社長は「そう？」と、内田マネージャーを見る。

「あの二人は、ヤバいです!!」

彼女はグッと拳《こぶし》を握《にぎ》りながら、興奮したようにそう言っていた。

暗いステージの裏にたどり着くと、満員の客席がざわついていた。

始まるのを、今か今かと、みんな待ちわびているのだろう。

まだ照明は点《つ》いていない。スタッフの人たちが、ステージの上で最後の調節を行っている音がかすかに聞こえてくる。

「……ホントは、緊張してるだろ？」

勇次郎がからかうように小声できく。

愛蔵は楽屋では平気そうな顔をしていたけれど、何度も深呼吸していた。

「そっちこそ、ビビってるくせに。ま、なんかあっても、俺がフォローしてやるから」

「歌詞忘れたときは、笑ってごまかせばいい。こっちに惹《ひ》きつけておいてやるから」

勇次郎がすました顔で言うと、「ハッ、えらそーに」と小声で言い返してくる。

二人は視線を交《か》わして、挑発的な笑みをチラッとのぞかせた。


「開始まで15秒！」

スタッフが、「スタート10秒前！　9、8……」とカウントし始める。

本当は緊張のせいで、心臓が破れそうだ。

脚《あし》が震《ふる》えそうになるのを、必死に床《ゆか》を踏《ふ》みしめて堪《こら》えている。

それも、今だけ——。

ステージに上がれば、緊張も不安も全部吹《ふ》き飛ばして、全力で最後まで突《つ》っ走るだけだ。

「勇次郎」

急に呼ばれて、思わず愛蔵の顔を見る。

「行くぞ」

今まで、一度も名前で呼ばなかったくせに。でも、それはおたがいさまだ。

「出《で》遅《おく》れるなよ、愛蔵」

勇次郎はフッと口もとを緩《ゆる》めて、相方の名前を呼んだ。

『3、2、1！！！』

客席からも、カウントする声が聞こえてくる。

ライトがいっせいに点灯されると同時に、二人は駆《か》け出した。

目映《まばゆ》い光が溢《あふ》れるステージへ――。

客席に歓声《かんせい》と悲鳴と、二人の名前を呼ぶ声が響《ひび》き渡《わた》った。

二人の歌声とバンドの演奏、感極《かんきわ》まった観客の声が一体となり、会場全体の熱がどんどん上がっていく。

それを肌《はだ》で感じ、二人の歌声にもダンスパフォーマンスにもいつも以上に力が入る。

おたがいの声が合わさり、どこまでも広がっていくような気がした。

学校の机に座って、ぼんやりと窓の外を眺《なが》めていた日々。

自分を取り巻く世界は、なぜこんなにも息苦しく、狭《せま》いのだろうと思っていた。

どうすれば、もっと広い、自由な世界に行けるのだろうと――。

『世界は、思っていたよりもずっと広いのかもな……』

いつも、下ばかり向いていた。

キラキラとした世界に憧《あこが》れながらも、その光は自分を照らすことはないのだと。

いつも、諦《あきら》めてばかりいた。

顔をあげ、勇気を出して一歩を踏み出してみれば、こんなにも変わるのに――。

『世界は想像していたより、ずっと綺麗《きれい》なのかもしれない……』

『耳を塞《ふさ》いでた自分に言いたい。ふてくされてる場合じゃねえぞって』

『うつむいていた自分に言いたい。早く顔をあげろって』

　二人はおたがいに視線を交わす。


　愛蔵は昨日の夜、大きな旅行ケースに荷物をまとめていた母の姿を思い出す。

　今朝起きた時にはもう出かけた後で、テーブルの上には『ごめんね』と一言書かれたメモだけが残されていた。

『夢は叶《かな》っても、全部がうまくいくわけじゃない……』


　勇次郎は二階の関係者席を見上げる。

　そこに座って、今日笑顔で声援《せいえん》を送ってくれるはずの母の姿はなく、空席になっていた。

　わずかに目を伏《ふ》せる。

『むしろ、思うようにいかないことのほうが多いかも。でも――いつもそばにこいつがいる』

二人はならんで、歓声に包まれている客席を見渡した。

青と黄色のペンライトを、みんなが名前を呼びながら大きく振《ふ》ってくれていた。

息を弾《はず》ませながら、輝《かがや》くステージの上でその様子を見つめる。

泣いている人もいた。満面の笑みを浮《う》かべている人も。

瞳《ひとみ》を輝かせてステージを見つめている人も。

これだけ多くの人たちに、自分たちの歌声は、想《おも》いは、ちゃんと届いている。

そのたしかな手応《てごた》えに、どうしようもなく瞳が潤《うる》んでくる。

これが見たかったのだと、熱くなる胸に手を押し当てた。

二人一緒《いっしょ》でなければ、きっとこの特別な光景は見ることが叶《かな》わなかった。

二人だから、胸を張って、今この場所に立っていられる。

『どうしようもないバカだけど』

『ときどき、すっげームカつくけど』

勇次郎と愛蔵は客席に両腕《りょううで》を広げ、心から笑い合った。

会えてよかった――。

「小説版　この世界の楽しみ方 ～Secret Story Film～」の感想をお寄せください。
おたよりのあて先
〒102-8177　東京都千代田区富士見2-13-3
株式会社KADOKAWA　角川ビーンズ文庫編集部気付
「HoneyWorks」・「香坂茉里」先生
また、編集部へのご意見ご希望は、同じ住所で「ビーンズ文庫編集部」までお寄せください。

BEANS BUNKO

小説版《しょうせつばん》　この世界《せかい》の楽《たの》しみ方《かた》 ～Secret Story Film～

原案／HoneyWorks　著／香坂茉里《こうさかまり》　監修／LIP×LIP Movie Project

角川ビーンズ文庫　22492

令和３年１月１日　初版発行
令和３年８月20日　再版発行

発行者――――青柳昌行
発　行――――株式会社KADOKAWA
〒102-8177　東京都千代田区富士見2-13-3
電話 0570-002-301（ナビダイヤル）
印刷所――――株式会社暁印刷
製本所――――本間製本株式会社
装幀者――――micro fish

ISBN978-4-04-111048-5 C0193 定価はカバーに表示してあります。
◇◇◇

角川ビーンズ文庫
スキキライ
超人気!!
キュンキュンボカロ曲制作チーム♪
HoneyWorks楽曲が
物語となって登場!!
原案/HoneyWorks
著/藤谷燈子
イラスト/ヤマコ
大好評発売中!!
illustration by Yamako
© Crypton Future Media, INC. www.piapro.net piapro

原案／HoneyWorks
著／藤谷燈子、香坂茉里
イラスト／ヤマコ、島陰涙亜
告白予行練習
シリーズ
青春系胸キュンボカロ楽曲の名手、
HoneyWorksの代表曲、続々小説化!!
1.告白予行練習
2.告白予行練習 ヤキモチの答え
3.告白予行練習 初恋の絵本
4.告白予行練習 今好きになる。
5.告白予行練習 恋色に咲け
6.告白予行練習 金曜日のおはよう
7.告白予行練習 ハートの主張
8.告白予行練習 イジワルな出会い
9.告白予行練習 僕が名前を呼ぶ日
10.告白予行練習 大嫌いなはずだった。
11.告白予行練習 ノンファンタジー
12.告白予行練習 ヒロイン育成計画
13.告白予行練習 東京サマーセッション
以下続刊
好評既刊

大好評発売中！
原案／HoneyWorks
著／香《こう》坂《さか》茉《ま》里《り》
イラスト／ヤマコ、
島《しま》陰《かげ》涙《るい》亜《あ》
告白実行委員会
アイドルシリーズ
ロメオ
Romeo
HoneyWorks原案の
アイドルシリーズが
ついに始動!!
オーディションに合格し、アイドルユニット「LIP×LIP」となった中学生の勇次郎と愛蔵。どこか2人の足並みが揃わないまま活動を始めるが、それは波乱の幕開けで……!?　「ロメオ」MV撮影秘話がついに明かされる、大人気「告白」シリーズ第14弾！

●角川ビーンズ文庫●

春日坂高校
漫画研究部
あずまの章
イラスト／ヤマコ、
島陰涙亜
胸キュン小説の名手・あずまの章
× HoneyWorks
ヤマコが贈る
青春ラブコメ！
最新5巻、2021年 発売決定
①第1号 弱小文化部に幸あれ！
②第2号 夏は短しハジケヨ乙女！
③第3号 井の中のオタク、恋を知らず！
④第4号 恋愛オンチは悪魔と踊る！

厨《ちゅう》病《びょう》激《げき》発《はつ》ボーイ
プライド超新星
原案★れるりり
(Kitty creators)
著★藤並《となみ》みなと
イラスト★大神《おおかみ》アキラ、こじみるく
(Kitty creators)
★ボカロ神曲の小説化、待望の新章スタート!
ヒーロー部最大の試練を乗り越え、体育祭で大活躍の厨病ボーイズたち。アリスの依頼で生徒会選挙を手伝うヒーロー部だけど、怪しい人物のジャマが入り!? 新章突入でますますパワーアップの厨二病コメディ決定版!
厨病激発ボーイ好評既刊
厨病激発ボーイ①～⑤
厨病激発ボーイ青春症候群①～⑤
厨病激発ボーイ　プライド超新星
以下続刊

●角川ビーンズ文庫●

高2の心南《ここな》は、絡まれているところをサッカー部の陸哉《りくや》に助けられる。チャラいと思っていた彼の優しさに触れた心南。陸哉が恋愛初級以前の〝こじらせ男子〟だと知り、「本当の恋」をしてもらうため頑張るけれど……?

●角川ビーンズ文庫●

圧倒的支持!
40mPが贈る
最高に泣ける片恋ソング、
自身による小説化!
好評発売中!!!
KARAKURI
からくりピエロ
PIERROT
40mP
イラスト/たま
『君の中できっと僕は、道化師なんでしょ』　美術部の先輩・悠人の絵のモデルを引き受けた美紅は、彼に片想い中。思い切って告白すると、「あと一年、待ってほしい」と言われる。悠人の本心が知りたい美紅だけど…!?
© Crypton Future Media, INC. www.piapro.net

●角川ビーンズ文庫●

部室内レンアイ
ズルいです、先輩。
苦手な先輩と、放課後の部室でふたりきり!?
♥WEB発♥
ドキドキの初恋!
榊《さかき》あおい
イラスト／池《いけ》田《だ》春《はる》香《か》
サッカー部マネージャーの梨子は部活のエース・浅野先輩が苦手。優しくてモテるけど梨子にだけ、超イジワルだから。ある日の放課後、1人で練習する先輩の片づけを手伝うと偶然2人きりで部室に閉じこめられて……!?

●角川ビーンズ文庫●